L'histoire
de mes dents

Du même auteur

Des êtres sans gravité
Actes Sud, 2013

VALERIA LUISELLI

L'histoire de mes dents

traduit de l'anglais
par Nicolas Richard

ÉDITIONS DE L'OLIVIER

Le traducteur tient à remercier pour leur aide précieuse
Jim Carroll de la librairie San Francisco Books à Paris,
Olivier Martin-Gambier et Paul Egré.

L'édition originale de cet ouvrage
a paru chez Granta en 2015,
sous le titre : *The Story of my Teeth*.

ISBN 978.2.87929.756.9

Pour le personnel de l'usine Jumex

Sommaire

LIVRE I

L'Histoire

(Commencement, Milieu, et Fin)

Un homme peut avoir été appelé Jean, parce que c'était le nom de son père ; une ville peut s'appeler Dartmouth, parce qu'elle est située à l'embouchure de la Dart ; mais il n'y a dans la signification du mot Jean rien qui implique que le père de l'individu ainsi nommé portait le même nom ; ni même dans le mot Dartmouth que cette ville est située à l'embouchure de la Dart.

J.S. Mill

Je suis le meilleur commissaire-priseur au monde, mais personne ne le sait parce que je suis un homme du genre discret. Je m'appelle Gustavo Sánchez Sánchez, toutefois les gens m'appellent Grandroute, avec affection, je crois. Après deux rhums, je suis capable d'imiter Janis Joplin. Je sais interpréter les devises des *fortune cookies* chinois. Je peux faire tenir un œuf droit, comme Christophe Colomb dans l'anecdote fameuse. Je sais compter jusqu'à huit en japonais : *ichi*, *ni*, *san*, *shi*, *go*, *roku*, *shichi*, *hachi*. Je sais faire la planche.

Voici l'histoire de mes dents et mon traité sur les objets de collection et la valeur changeante des choses. Comme toute histoire, celle-ci commence par le Commencement ; vient ensuite le Milieu, puis la Fin. Le reste, comme dit toujours un de mes amis, n'est que littérature : hyperboliques, paraboliques, circulaires, allégoriques et elliptiques. Je ne sais pas ce qui vient après ça. Probablement l'ignominie, la mort et, finalement, la gloire post mortem. Mais ce ne sera alors plus à moi de parler à la première personne, je serai un homme mort, un homme heureux et enviable.

Certains ont de la chance, d'autres du charisme. Moi, j'ai un peu des deux. Mon oncle Solón Sánchez Fuentes, un représentant en cravates italiennes de qualité, avait coutume de dire que la beauté, le pouvoir et les premiers succès s'estompent, et qu'ils constituent un lourd fardeau pour ceux qui les possèdent, car la perspective de les perdre est une menace que peu de gens peuvent supporter. Je n'ai jamais eu à me soucier de cela, car il n'y a rien d'éphémère dans ma nature. Je n'ai que des qualités permanentes. J'ai hérité jusqu'à la dernière goutte du charisme de mon oncle Solón, qui m'a également légué une élégante cravate italienne. C'est tout ce dont on a besoin dans cette vie pour devenir un homme de qualité, disait-il.

Je suis né à Pachuca, la Belle Venteuse, avec déjà quatre dents en bouche et le corps complètement couvert d'un fin duvet. Mais je suis content d'avoir connu ce début malencontreux car la laideur, ainsi qu'aimait le dire mon autre oncle, Eurípides López Sánchez, forge le caractère. Quand mon père m'a vu pour la première fois, il a prétendu que son vrai fils avait été enlevé par la jeune maman de la pièce d'à côté. Il a tenté par divers moyens – la bureaucratie, le chantage, l'intimidation – de me rendre à l'infirmière qui m'avait donné à lui. Mais maman m'a pris dans ses bras à l'instant où elle m'a vu : un minuscule poisson pâteux, brun et enflé. Elle avait appris à accepter la saleté comme faisant partie de son destin. Pas papa.

L'infirmière a expliqué à mes parents que la présence des quatre dents était certes une rareté dans notre pays, mais pas si rare chez d'autres types de personnes. Cela s'appelait dentition prénatale congénitale.

Quel type de personne ? a demandé mon père, sur la défensive.

Les Caucasiens, monsieur, a répondu l'infirmière.

Mais cet enfant est foncé comme l'intérieur d'une aiguille, a répliqué papa.

La génétique est une science pleine de dieux, monsieur Sánchez.

Voilà qui a dû consoler mon père. Il s'est finalement résigné à me ramener à la maison dans ses bras, emmitouflé dans une épaisse couverture de flanelle.

Peu après ma naissance, nous avons emménagé à Ecatepec où maman gagnait sa vie en faisant le ménage chez les autres. Papa ne nettoyait jamais rien, pas même ses propres ongles. Ils étaient épais, rugueux et noirs. Il avait coutume de se les couper avec les dents. Non pas sous le coup de l'anxiété, mais parce qu'il était inactif et dominateur. Pendant que je faisais mes devoirs, installé à la table, il les étudiait en silence, étendu près du ventilateur dans le fauteuil en velours vert dont ma mère avait hérité de M. Cortázar, notre voisin du 4-A, après sa mort du tétanos. Quand la progéniture de M. Cortázar est venue embarquer ses affaires, elle nous a laissé son macaque, Criteria – qui, au bout de quelques semaines, s'est retrouvé en phase terminale de mélancolie – et le fauteuil en velours vert dans lequel mon père a pris l'habitude de se prélasser tous les soirs. Oublieux du reste du monde, il étudiait les taches d'humidité au plafond en écoutant la radio publique et s'enlevait des bouts d'ongles, un doigt après l'autre.

Il commençait par l'auriculaire, glissait un coin de l'ongle entre ses incisives centrales hautes et basses, en détachait une fine lamelle et, au ralenti, d'un seul mouvement, arrachait une demi-lune d'ongle excédentaire. Une fois le bout d'ongle détaché, il le gardait un moment dans sa bouche, roulait la langue et soufflait : la demi-lune était éjectée et atterrissait sur le cahier dans lequel je faisais mes devoirs pour l'école. Les chiens aboyaient dans la rue. Je contemplais le morceau échoué, mort et sale, à quelques millimètres de la pointe de mon crayon. Je l'entourais, puis poursuivais mes exercices d'écriture en évitant soigneusement le cercle. Des bouts d'ongles ne cessaient de tomber des cieux sur mon cahier réglé Scribe, telles des météorites propulsées par le courant d'air du ventilateur : l'annulaire, le majeur, l'index et, enfin, le pouce. Ensuite, l'autre main. Je m'arrangeais pour contourner avec les lettres que je traçais les petites circonférences des cratères laissés sur la page par les rebuts aéroportés de mon père. Quand j'avais fini, je rassemblais les bouts d'ongles en un petit tas que je mettais dans ma poche de pantalon. Après coup, dans ma chambre, je les glissais dans une enveloppe en papier que je gardais sous mon oreiller. Durant mon enfance, la collection d'ongles a pris de telles proportions que j'en ai rempli plusieurs enveloppes. Fin du souvenir.

Papa n'a plus de dents. Ni d'ongles, ni de visage : il a été incinéré il y a deux ans et, à sa demande, maman et moi avons répandu ses cendres dans la baie d'Acapulco. Un an plus tard, j'ai enterré maman à côté de ses frères et sœurs à Pachuca, la Belle Venteuse. Il pleut toujours là-bas, et il n'y a pas le moindre souffle de vent. Je me rends à Pachuca pour aller la voir une fois par mois, en général le dimanche. Mais je n'arrive jamais jusqu'au cimetière parce que je suis allergique au pollen et qu'il y a beaucoup de fleurs là-bas. Je descends du bus, pas loin de l'entrée, sur un terre-plein central planté de sculptures de dinosaures grandeur nature, et je reste là, parmi les nobles animaux en fibre de verre – à prendre l'eau en récitant des Notre Père –, jusqu'à avoir les pieds gonflés et me sentir fatigué. Puis je retraverse la rue, évitant soigneusement les flaques d'eau – rondes comme les cratères du cahier de mon enfance – et j'attends le bus qui me ramènera à la gare.

Mon premier boulot a été au kiosque à journaux de Rubén Darío, au croisement des rues Aceites et Metales. J'avais huit ans et toutes mes dents de lait étaient déjà tombées. Elles avaient été remplacées par d'autres, larges comme des pelles, chacune pointant dans une direction différente. La femme de mon patron, Azul, a été ma première amie véritable, bien que de plus de vingt ans mon aînée. Son mari l'enfermait à la maison. Chaque matin, à onze heures, il m'envoyait auprès d'elle avec un trousseau de clés pour voir ce que faisait Azul et lui demander si je pouvais aller lui chercher quelque chose dans les magasins.

Azul était généralement allongée au lit en sous-vêtements avec M. Unamuno en train de gesticuler sur elle. M. Unamuno était un drôle de vieux bonhomme à la poitrine bombée, qui avait une émission à la radio publique. Il commençait toujours son émission par la même formule : « Ici Unamuno : modestement déprimé, aimablement éclectique et sentimentalement politique. » L'imbécile. Quand j'entrais dans la chambre, M. Unamuno se relevait d'un bond, remettait sa chemise dans son pantalon qu'il reboutonnait maladroitement. Moi, pendant ce temps, je regardais par terre et, parfois, du coin de l'œil, Azul, encore allongée au lit, qui passait le bout de ses doigts sur son ventre nu.

Une fois entièrement habillé, ayant remis ses lunettes, M. Unamuno s'approchait et, de la paume de sa main, me donnait une petite tape sur le front.

On ne t'a jamais appris à frapper, Autoroute ?

Azul avait coutume de voler à mon secours : Il s'appelle

Grandroute et c'est mon ami. Elle partait alors d'un rire profond et simple, découvrant des canines étonnamment longues aux pointes aplaties.

Une fois M. Unamuno enfin volatilisé – tout angoissé – par la porte de derrière, Azul s'enveloppait dans le drap comme dans une cape de super-héros et m'invitait à venir sauter sur le lit. Quand on en avait marre de sauter, on s'allongeait et on jouait au billard américain. Elle était toujours très douce. Quand on avait fini, elle me donnait une tranche de pain et une gourde d'eau minérale avec une paille, puis elle me renvoyait au kiosque à journaux. En chemin, je buvais l'eau et mettais la paille dans ma poche pour plus tard. J'ai fini par accumuler plus de dix mille pailles, parole d'honneur.

Que faisait Azul ? demandait M. Darío quand j'arrivais au kiosque.

Je lui cachais la vérité, j'inventais les détails d'une activité innocente.

Elle essayait juste de raccommoder avec du fil et une aiguille la robe de baptême du bébé de sa cousine.

Quelle cousine ?

Elle a pas dit.

Ce doit être Sandra, ou Berta. Tiens, voilà ta petite pièce, et maintenant, file à l'école.

J'ai terminé l'école primaire, le collège et le lycée, je passais d'une classe à l'autre avec de bonnes notes sans me faire remarquer parce que je suis du genre à ne pas faire de vagues. Je n'ouvrais jamais la bouche, même au moment de l'appel. Mon silence n'était pas dicté par la peur que j'avais de laisser apparaître mes dents de guingois ; c'est juste que je suis du genre discret. J'ai appris beaucoup de choses à l'école. Fin du commencement.

À vingt-et-un ans, on m'a proposé un poste de gardien chargé de la sécurité d'une usine sur la Vía Morelos, en raison de cette discrétion susnommée, je pense. L'usine produisait des jus de fruits. Et les jus de fruits, à leur tour, produisaient de l'art. C'est-à-dire que les bénéfices des ventes de jus de fruits servaient à financer la plus grande collection d'art du continent. C'était bien d'avoir ce boulot car, même si j'avais uniquement pour mission de surveiller l'entrée de l'usine sans jamais être autorisé à entrer dans la galerie où les œuvres étaient exposées, j'étais en un sens le gardien d'une collection d'objets d'une beauté et d'une vérité authentiques. J'y ai travaillé dix-neuf ans. Hormis les six mois où j'ai eu une hépatite, les trois jours où je me suis retrouvé avec une vilaine carie qui a nécessité un double traitement du canal radiculaire et mon congé annuel, j'ai passé exactement dix-huit ans et trois mois comme agent de sécurité de l'usine. Ça n'a pas été de mauvaises années, ça n'a pas non plus été de bonnes années.

Mais un beau jour, Fortuna a fait tourner sa roue, comme dit le chanteur Napoleón. Précisément le jour de mon quarantième anniversaire, l'Opérateur Pasteurisation a eu une crise de panique alors qu'il recevait un coursier de chez DHL, un homme rondouillard de taille moyenne. La secrétaire du Surveillant Polymère n'avait encore jamais vu en direct une crise de panique et elle a cru que le messager de taille moyenne agressait l'Opérateur Pasteurisation, parce que son collègue avait porté ses mains à sa gorge, était devenu violet comme une prune et avait tourné de l'œil avant de tomber à la renverse, s'étalant par terre de tout son long.

Le Responsable du Service Clients m'a ordonné d'appréhender le messager de taille moyenne. Obéissant à cet ordre, j'ai foncé sur le criminel présumé. Mon vieil ami et collègue El Perro, un des chauffeurs de l'usine, passait la porte juste à ce moment-là ; il a couru vers nous et m'a aidé à immobiliser au sol le coursier de taille moyenne. Mais lorsque ensuite j'ai frappé le coursier à la base de la colonne vertébrale du bout de ma matraque – même pas très fort – celui-ci s'est mis à pleurer, inconsolable. El Perro l'a relâché, bien sûr, parce qu'il n'est pas du genre sadique. En raccompagnant le coursier vers la sortie, je lui ai demandé, sur un ton très courtois, une pièce d'identité. Une main brandie en l'air, il a glissé l'autre dans sa poche et en a sorti son portefeuille. Puis, de sa main levée, il a extrait son permis de conduire et me l'a tendu, incapable de me regarder droit dans les yeux : Avelino Lisper – un nom ridicule. Le Responsable du Service Clients m'a dit de revenir immédiatement aider mon compagnon moribond, car il gisait toujours au sol, suffoquant. J'ai dit au coursier de taille moyenne qu'il pouvait s'en aller – sauf qu'en fait, il s'est contenté de rester planté là, en pleurs, baigné de larmes pourrait-on dire – et je me suis précipité auprès de l'Opérateur Pasteurisation, me servant du bout de ma matraque pour me frayer un passage parmi les curieux qui s'étaient attroupés. Je me suis agenouillé près de lui, l'ai pris dans mes bras et, faute de solution meilleure, l'ai bercé en silence jusqu'à ce que la crise soit passée. El Perro, entretemps, a dû consoler le coursier de chez DHL jusqu'à ce que lui aussi se calme.

Le lendemain, le Responsable m'a convoqué dans son bureau et m'a annoncé que j'allais avoir une promotion.

Les gardiens, c'est de la seconde classe, m'a-t-il expliqué en privé, alors que vous, vous êtes un type de première classe.

La Direction avait décidé que, dorénavant, j'aurais un siège et un bureau à moi, et que mon travail consisterait à réconforter tout membre du personnel ayant besoin d'un tel service.

Vous serez notre Manager Extraordinaire en Cas de Crise auprès du Personnel, a annoncé le Chef, avec le sourire légèrement sinistre de ceux qui sont beaucoup allés chez le dentiste.

Deux semaines se sont écoulées et, comme l'Opérateur Pasteurisation était en congé exceptionnel, il n'y avait personne à réconforter. L'usine avait engagé un nouveau gardien : un gros bonhomme du genre aimez-moi-aimez-moi trop zélé, un certain Hochimin, qui passait ses journées à tailler le bout de gras avec tout le monde. La discrétion est une qualité que peu de gens apprécient. Je le toisais avec condescendance du haut de mon nouveau poste. J'avais désormais un siège pivotant ajustable et un bureau avec un tiroir contenant un assortiment divin d'élastiques et de trombones. Chaque jour, j'en fourrais un de chaque dans ma poche de pantalon, que je rapportais à la maison. J'ai réussi à me faire une belle collection.

Mais tout n'a pas été que pétales de velours et nuages guimauve, comme dit Napoleón. Certains employés de l'usine, en particulier le Responsable du Service Clients, ont commencé à se plaindre que j'étais maintenant payé à me ronger les ongles et contempler le plafond. Certains d'entre eux sont même allés jusqu'à faire circuler une thèse conspirationniste comme quoi l'Opérateur Pasteurisation et moi avions monté le coup ensemble pour qu'il obtienne un mois de congé et moi une promotion – des histoires à dormir debout, du baratin de misérables scélérats incapables d'accepter la bonne fortune des autres. Après une réunion générale, le Chef s'est débrouillé pour m'inscrire à des cours spécialisés afin de m'occuper tout en me prodiguant au passage la formation nécessaire pour gérer d'éventuelles crises au sein du personnel.

J'ai commencé à voyager. Je suis devenu un homme du monde. J'ai assisté à des séminaires et participé à des ateliers longs et larges comme la République, voire le Continent. On pourrait dire que je me suis mis à collectionner les cours. Premiers Secours, Contrôle de l'Anxiété, Nutrition et Habitudes Alimentaires, Écoute et Communication, DOS, Nouvelles Masculinités, Neurolinguistique. Ce fut un âge d'or. Jusqu'à ce que tout s'achève, comme tout ce qui est glorieux et bon. Le début de la fin a démarré avec un cours que je devais suivre au département Philosophie et Lettres de l'Université Nationale. Il était donné par le fils du Chef, si bien que je ne pouvais pas refuser sans risquer de perdre mon poste. J'ai accepté. Le cours s'intitulait – à ma plus grande horreur, honte et consternation – « Danse Contact Impro ».

Le premier exercice de l'atelier consistait à inventer une petite chorégraphie à deux. Ma partenaire se révéla être une certaine Flaca qui, bien qu'assurément mince comme son nom le laissait supposer, n'était ni jolie ni laide. Cette Flaca m'a pris pour une barre de pole-dance, virevoltant autour de moi dans le style de Tongolele, cette artiste exotique et bien roulée des années 1960, tandis que je me contentais de claquer des doigts, m'efforçant de suivre le rythme compliqué de la chanson, dont elle se fichait totalement. Elle faisait glisser ses mains le long de mon corps, passait ses doigts dans mes cheveux, défaisait des boutons. Et moi je continuais à claquer des doigts, consciencieusement. Au moment où la chanson se termina, la féminité de Flaca avait eu le temps de s'épanouir et j'étais défloré, transformé en danseur de contact-impro, debout à demi nu sur le parquet de la scène du Département Philosophie et Lettres, les couilles grosses comme deux têtards. Fin du souvenir.

Pour sauver la face, je n'eus d'autre choix que d'épouser Flaca quelques mois plus tard. Et cetera et cetera, et elle est tombée enceinte. J'ai quitté mon poste à l'usine de jus de fruits, parce qu'elle estimait que j'avais un vrai talent pour la danse et probablement le théâtre, et qu'il ne fallait plus que je perde mon temps. Je suis devenu son projet personnel, sa bonne œuvre, sa contribution à la nation. Flaca avait été élevée dans une école catholique pour jeune filles et était aussi perverse que n'importe laquelle de ces riches filles mexicaines blanches. Mais elle s'était rebellée, c'est du moins ce qu'elle a prétendu, et faisait des études pour devenir bouddhiste. Comme elle avait suffisamment économisé – mensonges : c'était l'argent de son père – elle se proposait de m'entretenir au cas où le truc danse-théâtre ne se révélerait pas particulièrement rémunérateur. J'étais prêt à accepter ce plan. J'ai emménagé dans son appartement gigantesque à Polanco et vécu une vie de prince. Puis, comme cela arrive toujours, après une période assez brève, Flaca a grossi.

Malgré toute l'énergie que j'y ai mise et en dépit de la perfection matérielle de ma corporalité, je n'ai pas trouvé de travail, ni comme danseur contemporain ni comme comédien. J'ai passé des auditions pour la Compagnie de Danse Icare A Chu, pour Dimension Alternative, pour Course Cosmique et même pour intégrer le groupe Open Space qui, comme son nom l'indique, est très open et acceptait n'importe qui. Rien. J'ai failli être accepté au FolkArt, mais c'est finalement un rase-bitume au corps de crevette et au nom ridiculement prétentieux de Brendy qui a été pris.

Pendant un certain temps, j'ai tenu le coup, comme dit Napoleón, tel le bois vert qui refuse de brûler, l'arbre qui ne prend pas racine. Flaca a décidé qu'il fallait que je me cultive, alors elle m'a obligé à assister à des conférences de Philologie Classique et de Littérature Moderne à l'Université Nationale. J'ai tout d'abord détesté la vie de classe, mais je m'y suis fait, parce que, me semble-t-il, je suis un homme flexible. J'allais être papa, me suis-je dit, il allait falloir que je sois capable de raconter des histoires à mon fils ou ma fille. Je ne sais pas si j'étais bon élève, vu que je n'ai jamais eu de notes, mais au moins ça m'a poussé à lire. Je n'ai pas été convaincu par les romanciers, en revanche certains poètes m'ont plu et assurément tous les essayistes : M. Michel de Montaigne, M. Rousseau, M. Chesterton, Mme Woolf. Plus que tout, cependant, j'aimais les classiques. Je les lisais de la première à la dernière page, parole d'honneur. Mon préféré est Caius Suetonius Tranquillus, dont je consulte encore *La Vie des douze Césars*, comme un oracle, chaque soir avant d'aller me coucher.

Une fois au lit, les couvertures tirées jusqu'à la poitrine, je passe la main droite sous l'oreiller et je sors le livre – comme un cow-boy dégainerait un pistolet de sous son oreiller, mais un peu plus lentement. Puis je ferme les yeux et, me servant de mes deux mains, j'ouvre le livre et le tiens en l'air au-dessus de ma tête, laissant ses pages pendre au-dessus de moi. Puis je l'approche lentement de mon visage, jusqu'à ce que mon nez effleure le bord des pages et se glisse entre deux d'entre elles. Ce sont ces deux pages que je lis. J'écris souvent la date à laquelle je les lis avec un petit message. Le 16 août 1985, par exemple, j'ai écrit : « Quand je serai grand, je serai comme Octavius Augustus », et souligné le paragraphe que j'avais lu :

> Ses dents étaient petites, clairsemées et ternes [...] ses sourcils joints, ses oreilles ni grandes ni petites, son nez aquilin et pointu, sa peau entre le gris et le blanc. [...] Son corps était, dit-on, parsemé de taches. Sa poitrine et son ventre portaient des signes de naissance, disposés comme les sept étoiles de l'Ourse. Des démangeaisons et l'usage fréquent d'une brosse rude l'avaient couvert d'une infinité de durillons semblables à des dartres...

Le 19 septembre 1985, il y a eu un fort tremblement de terre à Mexico, comme l'avait prédit Julián Herbert, l'astrologue du *Diario Ecatepec*. Quelques minutes plus tard naissait Siddhartha Sánchez Tostado. C'est ainsi que Flaca a appelé notre fils. Pour ma part, j'aimais Yoko, comme nom, car j'avais toujours apprécié la culture japonaise et les Beatles. Mais comme l'enfant était un garçon, j'ai dû accepter le choix de Flaca. On s'était mis d'accord là-dessus. Siddhartha est né en bonne santé, sans signe distinctif. Je ne dirai pas que c'était un beau bébé, mais il n'était pas non plus laid. Fin de commentaire.

Quand Siddhartha a commencé à ramper et que Flaca s'est enfin remise de son baby-blues, j'ai invité mon ami El Perro à dîner. La soirée s'était bien passée, on avait évoqué le bon vieux temps jusqu'à ce que Flaca serve le café et qu'El Perro m'annonce que, quelques jours plus tôt, il était tombé par hasard sur Hochimin, le gars trop bavard qui m'avait remplacé comme gardien. Il l'avait vu à la cantine, vêtu d'un costume de luxe et en illustre compagnie.

Comment s'y est-il pris ? ai-je demandé.

Il est devenu commissaire-priseur, a-t-il dit.

Comme ça ? ai-je demandé, ayant du mal à avaler mon café.

El Perro a expliqué. Ce qui s'était passé, apparemment, c'est que lorsque j'avais quitté mon poste à l'usine, Hochimin avait demandé au Chef la permission de suivre une formation dans l'éventualité où éclaterait une crise au sein du personnel. Je pense qu'il a fait ça parce qu'il voulait être comme moi. Ils l'ont juste envoyé suivre une initiation aux Premiers Secours, mais l'effronté filou avait mis à profit son temps libre pour s'inscrire à un cours et devenir commissaire-priseur dans la Zona Rosa, le quartier coréen de Mexico. Un mois plus tard, il laissait tomber son boulot à l'usine et commençait à vendre des voitures aux enchères. Ça marchait bien pour lui. Mieux que nous tous réunis, a dit El Perro.

Le lendemain, j'ai pris le métro pour me rendre dans le quartier coréen et j'ai arpenté les rues à la recherche d'annonces mentionnant des ventes aux enchères, des commissaires-priseurs, ou quoi que ce soit en rapport. Après des heures de recherches infructueuses, l'âme ravagée par la faim, je suis entré dans un restaurant et j'ai commandé du kimchi, la spécialité de la maison. Dans un coin du restaurant, un jeune homme fantomatique jouait de la guitare et chantait une espèce de chanson entraînante, l'histoire d'un homme qui a perdu de vue une femme à la station de métro Balderas.

J'ai commencé à feuilleter un journal, essayant de repousser les implacables bouffées de mélancolie qui nous assaillent quand on ne prend pas ses repas aux heures normales. J'avais pour habitude de lire tout le journal du début à la fin, en particulier quand je m'enfonçais dans l'auto-apitoiement consécutif à mes rejets à répétition du monde de la danse et du théâtre. Le malheur et la fortune d'autrui remettent toujours en perspective ma propre situation. J'ai lu un article ce jour-là sur un auteur local qui s'était fait remplacer toutes les dents. L'écrivain, apparemment, avait pu changer toute sa dentition et payer l'opération onéreuse parce qu'il avait écrit un roman. Un roman ! J'ai vu mon avenir, clair comme de l'eau de roche. Si cet auteur avait pu se refaire faire les dents grâce à un roman, alors pourquoi pas moi ? Ou encore mieux, je pouvais trouver quelqu'un qui l'écrirait à ma place. J'ai découpé l'article et l'ai mis dans mon portefeuille. Je continue à l'avoir tout le temps sur moi, tel un talisman.

Comme je l'ai déjà dit, je suis un homme chanceux. J'avais fini de manger et j'allais vers la porte, m'apprêtant à quitter le restaurant, quand mon regard s'est posé sur un message scotché sur l'un des murs. D'une belle écriture, l'appel de mon destin était ainsi rédigé : « Apprenez l'art de la vente aux enchères. Succès garanti. Méthode Yushimito. » Pendant que la serveuse préparait mon addition, j'ai recopié l'adresse sur une serviette en papier.

L'initiation intensive pour devenir commissaire-priseur a duré un mois et a eu lieu chaque jour de quinze heures à vingt et une heures dans l'arrière-boutique de Hair Charisma, un coiffeur nippo-coréen de la Calle Londres. Le professeur – japonais d'origine – se faisait appeler Maître Oklahoma, car c'est là-bas qu'il avait appris le métier de commissaire-priseur. Son vrai nom était Kenta Yushimito et son nom occidental Carlos Yushimito. C'était un homme d'une grande largesse d'esprit, élégant, distingué ; la discrétion incarnée.

Mon grand souci de ce qui est convenable, ainsi que la loyauté et le respect que je dois à la fois à mon professeur et à notre profession m'empêchent de révéler les secrets de l'art de la vente aux enchères. Mais il y a une chose que je peux révéler à propos de la Méthode Yushimito, qui s'inspire d'une combinaison de rhétorique classique et de théorie mathématique de l'excentricité. Selon Maître Oklahoma, il existe quatre types de ventes aux enchères : la circulaire, l'elliptique, la parabolique et l'hyperbolique. Le cours de toute vente aux enchères est, en outre, déterminé par la valeur relative de l'excentricité (*epsilon*) du discours du commissaire-priseur, c'est-à-dire le degré de déviation de sa section conique par rapport à une circonférence donnée (l'objet mis aux enchères). L'échelle des valeurs se répartit comme suit :

L'EPSILON DE LA MÉTHODE CIRCULAIRE EST ZÉRO
L'EPSILON DE LA MÉTHODE ÉLIPTIQUE EST SUPÉRIEUR À ZÉRO MAIS INFÉRIEUR À UN
L'ESPSILON DE LA MÉTHODE PARABOLIQUE ÉGALE UN
L'EPSILON DE LA MÉTHODE HYPERBOLIQUE EST SUPÉRIEUR À UN

Avec le temps, j'ai développé et ajouté une autre catégorie aux méthodes d'enchères de Maître Oklahoma, même si je ne l'ai mise en pratique que de nombreuses années plus tard. Il s'agissait de la méthode allégorique, dont l'excentricité (*epsilon*) est infinie et ne dépend pas de variables contingentes ou matérielles. Je suis sûr que mon maître aurait approuvé.

Lors de notre premier rendez-vous, Maître Oklahoma était assis devant un siège de coiffeur et, pour illustrer la méthode parabolique, a mis aux enchères une paire de ciseaux. Il a réussi à la vendre en racontant une histoire simple et brève au sujet de son origine. Nous avions beau être tous là, assis devant lui, cahiers et crayons à la main, tout à fait conscients d'être ses élèves et non pas un quelconque groupe d'acheteurs, car nous nous étions déjà acquittés du prix exorbitant du cours, notre grand maître a pris la paire de ciseaux sur le comptoir et nous a travaillés au corps jusqu'à ce qu'un des élèves, M. Morato, sorte son portefeuille et paye 750 pesos pour la paire de ciseaux.

Le plus important dans cette vie, avait coutume de dire Maître Oklahoma à la fin de chaque séance, est d'avoir une destinée. Il scrutait nos visages d'un air impassible, sans rien trahir de ce qu'il pensait, avec une infime amorce de sourire, c'est tout. Alors nous comptions jusqu'à huit en japonais, en inspirant profondément, et la séance était terminée. D'un hochement de tête, nous prenions respectueusement congé de lui et de nos camarades de classe.

J'avais un objectif clair, une destinée : j'allais devenir commissaire-priseur afin d'avoir une nouvelle dentition, comme l'écrivain avait réussi à faire grâce à son livre. Plus important, j'allais me faire changer les dents pour pouvoir quitter Flaca, qui serait toujours grosse et méchante. Et après cela, je pourrais épouser quelqu'un d'autre – peut-être Vanesa, María ou Verónica, les trois étudiantes les plus séduisantes du cours.

Flaca commençait à donner dans la maltraitance mentale. Elle m'obligeait à faire pipi assis, parce que, sinon, je faisais des éclaboussures ; elle m'envoyait dormir dans un fauteuil parce que je ronflais ; j'avais interdiction de marcher pieds nus parce que je transpirais des pieds et laissais des marques au sol. Elle me faisait de plus en plus de reproches parce que c'était elle qui subvenait aux besoins de la famille et que je n'étais qu'un profiteur. Quand elle se mettait en colère, elle m'appelait Gustabo ou parfois Gustapo, voire Gestapo. Les nuits, quand je n'arrivais pas à dormir, j'imaginais que Vanesa m'appelait Monsieur Muscles ; María, Coq-de-combat ; Verónica, Beau Mec. Agité, complètement éveillé, je bougeais et me retournais dans le lit – monsieur muscles, coq-de-combat, beau mec, monsieur muscles –, songeant à mon avenir brillant en tant que commissaire-priseur, songeant à mes futures dents.

Ma persévérance, ma discrétion et ma discipline pendant les cours de Maître Oklahoma m'ont permis de décrocher une bourse pour un cours supérieur de six mois à l'École de vente aux enchères du Missouri, aux États-Unis. La bourse du New Jersey, la plus convoitée, a été obtenue par M. Morato, l'homme aux ciseaux. Je n'ai rien contre lui ; il la méritait probablement. L'enseignement du Missouri n'était pas à la hauteur de mes espérances car trop focalisé sur la vente de bétail. Mais cela valait la peine car, à mon retour des États-Unis, je parlais un bon anglais. C'est aussi durant mon séjour dans le Missouri que j'ai conçu et développé ma théorie de la méthode allégorique. La méthode est, bien entendu, le produit de mon propre génie, mais j'ai été inspiré par les sermons quotidiens de notre grand maître, commissaire-priseur et chanteur country, j'ai nommé Leroy Van Dyke. Le simple fait de prononcer son nom me donne envie de me lever pour applaudir. Je ne suis pas du tout d'accord avec mon grand-oncle Juan Sánchez Baudrillard quand il dit que « les Américains n'ont peut-être pas d'identité, mais ils ont de belles dents ». Van Dyke avait à la fois une identité robuste *et* de bonnes dents.

Le Grand Maître Van Dyke avait composé l'hymne de notre confrérie, « The Auctioneer », qui raconte l'histoire d'un gars de l'Arkansas désireux d'apprendre le métier de commissaire-priseur et qui commence à s'entraîner chaque jour devant des animaux dans la grange de la ferme où il habite. Quand son père et sa mère se rendent compte qu'il a du talent, ils l'envoient faire des études de vente aux enchères jusqu'à ce qu'il devienne commissaire-priseur à part entière.

Écouter Leroy Van Dyke chanter « The Auctioneer » – qui est aussi le thème central de mon film préféré, *What Am I Bid ?* – m'a fourni l'élan dont j'avais besoin pour affiner les détails conceptuels de ma méthode allégorique. Je me suis rendu compte qu'il y avait un fossé dans ma profession – un fossé que je me devais de combler. Pas un seul commissaire-priseur, quelle que soit sa compétence pour annoncer haut et fort les prix, quelle que soit son expertise dans la manipulation de la valeur commerciale et sentimentale des lots mis en vente, n'était capable de dire quoi que ce soit digne d'être entendu à propos des objets car il ne les comprenait pas ou ne s'intéressait pas à eux en tant que tels, il se souciait exclusivement de leur valeur d'échange. J'ai fini par comprendre le sens des mots que Maître Oklahoma avait une fois prononcés avec un air de tristesse résignée : « Nous autres commissaires-priseurs ne sommes que de simples hérauts entre le paradis et l'enfer de l'offre et de la demande. » Mais moi, j'allais réformer l'art de la vente aux enchères. Avec ma nouvelle méthode, j'allais enterrer le mot *héraut* dans le passé lointain de ma profession. Je n'étais pas qu'un modeste vendeur d'objets mais d'abord et avant tout un amoureux et un collectionneur de bonnes histoires, ce qui est la seule méthode honnête pour modifier la valeur d'un objet. Fin de déclaration.

Je suis revenu des États-Unis débordant d'ambition et prêt à me tailler un chemin vers mes nouvelles dents. La première chose que j'ai faite a été d'organiser une vente aux enchères privée. J'ai vendu une partie du mobilier de Flaca et, avec les recettes, j'ai pu m'acheter quelques meubles et payer par avance six mois de loyer. Je n'ai jamais revu Flaca, heureusement. Mais je n'ai pas non plus revu Siddhartha pendant de nombreuses années. Toujours, il y avait quelque chose à l'agonie dans ma poitrine.

Je me suis concentré sur mon métier. J'ai commencé à organiser des enchères dans le quartier Portales. Après cela, j'ai rencontré Angelica ; j'ai vendu aux enchères des voitures à Cuernavaca. J'ai rencontré Erica. Je me suis mis à voyager de plus en plus. Durant ces voyages, j'ai commencé une collection d'objets que j'achetais à des prix très raisonnables dans des ventes spéciales. J'ai vendu aux enchères des antiquités dans toute l'Europe ; de l'immobilier en Californie ; des souvenirs à São Paulo. J'ai continué à vendre aux enchères. J'ai rencontré Esther – et ainsi de suite, jusqu'à ce que ma prostate fasse des siennes, après quoi j'ai arrêté de compter les femmes, mais pas les enchères. J'ai vendu des bijoux, des maisons, de l'art antique, de l'art contemporain, du vin, du bétail, des bibliothèques et de vastes actifs confisqués au commerce de la drogue. D'un coup de maillet je m'en mettais plein les poches en dépouillant des millionnaires : une fois, deux fois, trois fois, adjugé, vendu.

Mais je ne suis pas un arriviste. Je pense que j'aurais pu être propriétaire de dix appartements à Miami ; au lieu de quoi, j'ai décidé d'acheter des terres dans le quartier de mon enfance, à

Ecatepec. J'ai donc aquis deux terrains côte à côte dans la charmante Calle Disneylandia : il est important d'investir dans des biens nationaux. Ajoutés l'un à l'autre, je pense que les deux propriétés faisaient plusieurs hectares, mais je n'ai pas calculé, je ne suis pas non plus pingre. Sur un des terrains, j'ai érigé une maison de deux étages aux couleurs vives, avec des tours, en prenant soin de laisser assez de barres d'armature en place pour des développements ultérieurs, sans pour autant éviter l'impôt, comme le font la plupart des gens au Mexique. Sur le terrain d'à côté, j'ai bâti un entrepôt où j'ai stocké tous les objets que j'avais collectionnés ma vie durant. En face, j'ai construit ma salle des ventes. Un jour, je construirais un pont suspendu pour relier les deux bâtiments l'un à l'autre. J'avais déjà dessiné les plans. Puis, en l'honneur de mes grands maîtres, j'inaugurerais officiellement la Salle des Ventes Oklahoma-Van Dyke. Tout ce qui manquait c'était le permis délivré par le conseil municipal local, garantissant l'usage pérenne du terrain – *mañana.*

Il serait inélégant de ma part de clore mon histoire en dressant la liste des avantages que ma formation ardue et mon talent naturel pour les enchères nous ont apportés, à la fois à moi et à ma communauté. Je tiens juste à établir, par souci de rigueur biographique, qu'en l'an 2000, pendant le week-end à Miami, où j'ai vendu aux enchères des automobiles, la longue bataille contre l'ignominie dans laquelle j'étais né et que j'avais connue toute mon enfance s'est finalement achevée. Un dimanche soir, après avoir reçu un chèque maousse pour avoir avantageusement vendu aux enchères trente-sept camionnettes, j'ai assisté avec quelques collègues à une vente de souvenirs de contrebande dans un bar karaoké de Little Havana. Ils avaient rencontré la veille au soir des amies manifestement charmantes et étaient convenus de les retrouver dans ce bar. Ils m'ont promis que cela vaudrait la peine. Il n'est pas dans mes habitudes de me laisser aller à un comportement licencieux ni de faire des affaires le dimanche, mais j'ai décidé de les accompagner. J'ai été grandement rassuré, lorsque les quatre dames sont apparues, de constater qu'elles n'étaient de toute façon plus de prime jeunesse.

Quand la vente aux enchères a commencé, je me suis dit que rien ne me tenterait, car les babioles mises en vente étaient à l'évidence du dernier choix : une montre ayant appartenu à je ne sais quel politicien américain, les cigares de je ne sais quel millionnaire cubain, une lettre rédigée par quelque romancier hirsute ayant arpenté l'île dans les années 1930. Je n'avais nullement l'intention de dilapider mon chèque mais, sans le moindre avertissement, les dieux des détails minuscules ont étalé le paradis devant moi. Et le paradis, il faut y mettre le prix. Là, dans les tréfonds de la solitude dominicale d'une vente aux enchères à Little Havana, je les ai trouvées : mes nouvelles dents.

Dans la petite boîte en verre que brandissait le commissaire-priseur se trouvaient, n'attendant plus que moi, les dents sacrées de, je vous le donne en mille, Marilyn Monroe. Oui, effectivement, les dents de la diva d'Hollywood. Elles étaient peut-être légèrement jaunies, car, dit-on, les divas ont cette tendance à fumer. Il y a eu dans l'air ambiant un mélange de tension et de malaise quand le commissaire-priseur a ouvert les enchères. Plusieurs dames, qui avaient connu des jours meilleurs, parmi lesquelles une de nos amies, avaient déjà les yeux dessus. Un gros type en habits démodés a étalé une liasse de billets sur sa table de bar et s'est levé pour allumer un cigare, dans le but de nous intimider, j'imagine. Mais je ne m'en suis pas laissé conter et je les ai obtenues : les dents – mes dents – m'ont été adjugées.

J'ai fait preuve d'un tel talent dans l'art de la surenchère que l'une des amies – la pire des quatre, une journaliste aux cheveux raides comme un paillasson d'avoir été trop teints, et les bajoues pendantes – a écrit à propos de la vente un article qui a paru dans le *Miami Sun*. Clairement jalouse de mon succès, car elle aussi voulait ces dents, elle a pondu un compte rendu sévère et tordu. Qu'est-ce que j'en avais à faire ? Elle ne tarderait pas à ravaler ses paroles, me suis-je dit, tandis que moi je dînerais avec les dents de Marilyn Monroe. Dès mon retour au Mexique, chacune des dents ayant appartenu à la Vénus du grand écran fut transplantée dans ma bouche par un chirurgien-dentiste de classe mondiale, le fameux docteur Luis Felipe Fabre, propriétaire de Il Miglior Fabbro, la meilleure clinique de soins et dépôt dentaire de Mexico. J'ai conservé dix de mes anciennes dents, les plus belles, pour plus tard, au cas où.

Pendant des mois après l'opération, je n'ai pu me départir d'un large sourire. Je montrais à tout le monde l'harmonie infinie de mon sourire nouveau et, à chaque fois que je passais devant une glace ou une vitrine de magasin reflétant mon image, je levais mon chapeau à la manière d'un gentleman et m'adressais un sourire. Mon corps maigre et disgracieux ainsi que ma vie de patachon avaient acquis un sérieux aplomb avec l'apparition de mes nouvelles dents. Ma chance était sans pareille, ma vie un poème et j'étais certain qu'un jour quelqu'un écrirait la légende magnifique de mon autobiographie dentaire. Fin de l'histoire.

在一個人的頭上的每一個齒比鑽石更有價值。

[Chaque dent dans la tête d’un homme vaut plus qu’un diamant]

LIVRE II

Les Hyperboliques

Le lien régulier entre le signe, son sens et sa dénotation (*Bedeutung*) est tel qu'au signe correspond un sens déterminé et au sens une dénotation déterminée, tandis qu'une seule dénotation (un seul objet) est susceptible de plus d'un signe.

Gottlob Frege

En l'an 2011, les Mexicains avaient perdu la tête. Chacun était en guerre contre tous les autres : il régnait un climat général d'antagonisme et d'amertume – l'impression de vivre à l'orée d'une calamité. Cela faisait un certain temps qu'on n'avait pas fait appel à moi pour une vente aux enchères. Je pense que cela était aussi dû au fait que les Mexicains sont comme des crabes dans un seau ; je ne crois pas que plus ample explication soit nécessaire. Mon talent dépérissait de n'être pas utilisé. J'avais aussi cessé de voyager, essentiellement parce que je m'étais rendu compte que malgré les Mexicains, qui font toujours leur maximum pour tout gâcher, le Mexique est glorieux. À mon avis, outre mon pays natal, seul Paris mérite d'être mentionné, et encore, nous savons tous que la cité de Campeche bat Paris haut la main. Fin de commentaire.

Plutôt que de gaspiller mon argent dans des voyages, j'ai passé les années suivantes dans mon propre quartier, à collectionner les histoires et les objets que le hasard plaçait sur mon chemin ou que je trouvais à la décharge locale – un établissement magnifique auquel le propriétaire, mon ami Jorge Ibargüengoitia, m'accordait un accès spécial au titre de client loyal. Entre ce que j'avais acquis lors de mes voyages internationaux et mes nouvelles collections locales, j'avais amassé une fortune admirable. Je savais qu'un jour j'organiserais une grande vente aux enchères dans ma propre maison, au cours de laquelle j'offrirais mes trésors à des gens dignes de ce privilège ; des gens raffinés, d'une grande largesse de vue. Mais tout cela était encore à venir, et je suis un homme patient. Il fallait d'abord terminer le pont suspendu reliant l'entrepôt à la salle des enchères, obtenir le permis d'occupation du sol, acheter les sièges confortables pour les enchérisseurs et, plus important, il fallait que j'embauche quelqu'un pour réaliser le catalogue de mes objets de collection.

Pour l'homme chanceux, même le coq pond un œuf, comme le chante Napoleón. Un jour d'été, le père Luigi Amara, le prêtre de la paroisse Sainte-Apolline, est venu me proposer son aide. C'est du moins ce que j'ai cru. Il m'a expliqué que son église était en pleine récession économique, conséquence regrettable de la crise globale. Il avait besoin de mes services en tant que commissaire-priseur et me proposait un projet qui, me promettait-il, me serait également profitable – à la fois en termes spirituels et matériels. Et pourquoi mentir ? La crise économique m'avait moi aussi affecté. J'avais besoin de l'argent que nous allions gagner si, m'assurait le père Luigi, nous unissions nos forces pour vendre aux enchères des objets de collection dans son église.

Le plan du père Luigi était simple. Une fois par mois, Sainte-Apolline offrait un service aux résidents du foyer pour personnes âgées du quartier, qui s'appelait Crépuscule Serein, ou Doux Crépuscule, ou peut-être juste Crépuscule – un nom de ce genre, aussi déprimant que prévisible. La messe mensuelle pour ces personnes âgées devait se tenir le dimanche suivant. La majorité d'entre elles, selon le père Luigi, étaient de familles aisées. D'âge avancé, mais solvables, a-t-il dit. Il fallait profiter au maximum de l'événement et du contexte de la messe pour leur soutirer de l'argent. Nous allions vendre à cette congrégation sénile mais huppée un choix de mes pièces de collection afin de lever des fonds pour la paroisse : trente pour cent pour moi ; soixante-dix pour cent pour l'église.

J'ai tout d'abord jugé le pourcentage inéquitable, considérant que la contribution du père Luigi se réduisait à mettre à disposition son église et – dans une moindre mesure – des enchérisseurs qui, aussi nombreux qu'ils pouvaient être, n'étaient après tout que de vieux croulants mal en point. Avec un tel public, les chances de réaliser une bonne vente étaient proches de zéro. Mais le révérend m'a demandé de songer aux pauvres âmes qui seraient réconfortées par ma présence, et au salut de ma propre bonne âme. Je ne suis certes pas certain de croire à l'enfer, pour autant, je me compte parmi ceux qui estiment que deux précautions valent mieux qu'une. En outre, le père Luigi a accepté de bon cœur que je tienne une vente hyperbolique, la mieux adaptée aux circonstances.

Bien sûr, Grandroute, a-t-il dit. L'hyperbole est un moyen de transmission efficace de la toute-puissance du Saint-Esprit.

Je lui ai expliqué que ce que je voulais dire c'est que je pourrais raconter des histoires dont le degré de déviation par rapport à la section conique des objets relatifs serait supérieur à zéro. En d'autres termes, comme le grand Quintilien l'avait formulé jadis, je pouvais rétablir la valeur d'un objet par le truchement d'un « élégant dépassement de la vérité ». Cela signifiait que les histoires que je raconterais à propos des lots mis en vente seraient toutes basées sur des faits éventuellement exagérés ou, pour exprimer les choses autrement, présentés sous un *éclairage* plus favorable. Mais le père Luigi, comme tous ceux de sa profession, était souvent sourd à tout ce que vous pouviez dire ne coïncidant pas à ce que, selon lui, vous auriez dû dire.

J'ai passé quelques jours à décider de la collection qui conviendrait le mieux à une assemblée d'enchérisseurs d'un certain âge. Je me suis promené dans mon entrepôt, j'ai pris des notes et, bien sûr, j'ai consulté mon tome de Caius Suetonius Tranquillus, pour l'inspiration. Durant précisément cette même période – hasard heureux, coup de chance – j'ai lu un article sur une vente lors de laquelle une molaire ayant préalablement appartenu à John Lennon avait été adjugée aux enchères. La femme de ménage de Lennon, une certaine Dot Jarlett, l'avait conservée pendant plus d'un demi-siècle avant de finalement la céder à la Société de Ventes aux Enchères Omega. Omega avait eu beau en estimer le prix à seize mille dollars, la pièce avait été adjugée pour trente-deux mille. Un coup de génie n'est rien de plus que le rapprochement de deux éléments : je me suis souvenu que, parmi mes pièces de collection, se trouvaient mes anciennes dents. Je ne suis pas un homme naïf et je savais bien que mes dents n'avaient pas autant de valeur que celles de John Lennon, mais je pouvais accroître leur valeur grâce à un usage pertinent de ma méthode hyperbolique. Pour chaque dent, je raconterais l'histoire hyper vraie de l'une de mes personnes préférées, dans le style des portraits que Suétone avait brossés. Après tout, comme dit Quintilien, une hyperbolique n'est jamais qu'« une fissure dans la relation entre le style et la réalité ».

J'ai offert ma collection au père Luigi et lui ai expliqué mon plan. Il a donné son accord, sans se montrer très intéressé ni pour les fascinants détails de mes dents ni pour l'histoire de la molaire de John Lennon. Les politiciens sont toujours comme ça, le clergé ne fait pas exception : ils sont tellement imbus de leur personne qu'ils ne sont pas le moins du monde curieux de la vie des autres.

J'ai eu un ultime moment de doute et de réticence avant de conclure le marché. Il ne serait pas facile pour moi d'exhiber publiquement un pan aussi intime de ma collection. En outre, j'aurais préféré conserver ces pièces pour ma grande vente aux enchères. J'ai fini par me décider, bien sûr, car je ne suis pas du genre mauvais esprit. Mais aussi parce que je me rappelais la joie éprouvée le soir où j'avais lu qu'un garde prétorien, après la mort de l'empereur Pertinax, en 193, avait vendu aux enchères la totalité de l'Empire romain. À la lumière de l'histoire, cela eût trahi un manque de décorum et de gravité de ma part de ne pas accepter de relever le modeste défi que le destin avait placé sur mon chemin. Fin de déclaration.

La veille de la vente, un messager a apporté la collection de dents à l'église – les lots que j'allais vendre devaient en effet y passer la nuit. Tôt le lendemain matin, le père Luigi est passé me prendre. Je me sentais déstabilisé et flageolant à cause du manque de sommeil. Je n'avais pas dormi de la nuit, probablement à cause de la pleine lune. J'imagine que le père Luigi a interprété mon apparence comme un signe d'anxiété dû à l'imminence de la vente.

Tendu ? m'a-t-il demandé comme nous sortions par la porte monumentale pour déboucher dans la rue.

Pas du tout, ai-je répondu, les mains tremblantes comme une paire de maracas.

Nous avons marché dans un silence si difficile à interpréter que j'ai préféré ne pas le rompre. À mi-chemin, nous avons eu faim, et nous sommes arrêtés pour acheter un atole à la fraise au stand de Magalita avant de poursuivre notre route, en sirotant nos godets en polystyrène. Une fois devant l'église, le père Luigi – dont les pointes de moustache étaient tachées de rose par l'atole à la fraise – en est revenu au même sujet :

Vous n'allez pas me faire faux bond maintenant, hein ?

Les apparences sont parfois trompeuses, mon père ; je suis un homme loyal.

Écoutez, Grandroute, ça ne va pas être facile, mais gardez bien à l'esprit que la paroisse doit être sauvée du capitalisme rampant qui la menace. Pas vrai ? Et au passage, vous purifierez votre âme. Compris ?

Compris, mon père. Mais pourquoi me rebattre les oreilles avec ça ?

Je ne rebats rien du tout. Je veux juste que les choses soient claires : ces gens viennent vous voir et ils attendent beaucoup de vous. Vous ne vous en rendez peut-être pas compte, parce que vous êtes dans votre tour d'ivoire, mais pour beaucoup de gens, vous êtes une légende. Tout le monde par ici vous connaît.

Vous me flattez, mon père. Continuez, continuez, ne vous retenez pas.

Mais vous devez tenir compte du fait, Grandroute, que certains ne vous aiment pas nécessairement beaucoup. Tous vous connaissent, et il y en a qui vous admirent, mais d'autres ne peuvent pas vous encadrer ; certains peut-être vous détestent.

Je me disais bien que vous étiez en train de me faire passer un message. Allons donc, comme qui ?

Comme votre fils.

Siddhartha sera là ?

Bien sûr.

Mais vous m'avez dit qu'il n'y aurait que des vieux riches qui viendraient acheter les dents. Nous nous étions mis d'accord là-dessus.

Oui, mais quand Siddhartha a appris que vous alliez vendre une partie de votre légendaire collection, il a voulu vous voir en action. Il est curieux de vous.

Sortez les violons.

J'avais peur que vous disiez quelque chose de ce genre.

À quoi vous attendez-vous ? Je suis un commissaire-priseur sérieux. Pas simplement le clown de je ne sais qui.

Ne vous mettez pas en rogne, personne ne dit le contraire. Simplement, n'oubliez pas que cette église est en crise.

Vous l'avez déjà mentionné.

Donc, êtes-vous prêt, Grandroute ?

Je commence presque à me refroidir, mon père.

C'est bien.

Encore une chose, mon père. Connaissez-vous l'histoire du Petit Chaperon Rouge à l'envers ?

Pardon ?

Je la dis toujours avant une vente aux enchères : ça me délie la langue, me lubrifie les mâchoires. Peut-être aimeriez-vous faire pareil en même temps que moi ?

Comment ça marche ?

Ti-peu Ron-Chapeu Rouge traversait la rêt-fo, la-la-tra, la-la-tra, quand soudain un grand chant-mé loup lu-poi apparut.

Très bien, Grandroute, très bien. Continuez comme ça et à dix heures et quart, vous entrerez par la porte de la sacristie. Je serai en train de dire les dernières bénédictions. La messe se termine à dix heures et demie. Dans la sacristie, vous trouverez un enfant de chœur qui vous remettra un contrat à signer ; une simple formalité. Puis il vous conduira à la chaire de laquelle vous conduirez la vente. Okay ?

Kay-o, mon père.

Bien.

Attendez, mon père. Est-ce que c'est un bon gars ?

Qui ? Siddhartha ? Il est bosseur.

Que fait-il ?

Il est plus ou moins gardien, comme vous l'étiez. Il travaille comme conservateur à côté de l'usine de jus de fruits, pas dans l'usine proprement dite.

Ça par exemple ! Mon paternel a toujours dit que la génétique était une science pleine de dieux.

En tout cas, il commence à se faire tard et il faut que j'aille mettre mes habits. C'est bon, on est prêts ?

Puis-je ajouter juste une dernière chose, mon père ?

Oui, allez-y.

Sauf votre respect, et n'y voyez pas la moindre intention de moquerie, vous avez un peu de rose dans votre moustache.

Le père Luigi a disparu sous la voûte de la porte, tirant sur sa moustache et sa barbe avec une main enveloppée dans l'extrémité de sa soutane. Jusqu'à ce que sonne le quart de dix heures, je me suis récité à l'envers l'histoire du Petit Chaperon Rouge, tout en faisant des tours sur la place quasi déserte devant l'église : Où te rends-tu d'hui-aujour, Ti-Peu Ron-Chapeu Rouge ? À la son-mai de ma mère-grand, dans la rêt-fo.

Parmi les paroissiens qui entraient par petits groupes, j'ai soudain reconnu le visage de Siddhartha : la petite pousse était mon portrait craché. Je ne l'avais plus revu depuis que j'avais quitté Flaca, car cette vile truie me l'avait interdit. Mais on ne peut pas me reprocher de n'avoir pas fait mon devoir : j'ai envoyé un chèque pour la pension alimentaire de l'enfant, jusqu'à ce que, selon mes calculs, il ait atteint dix-huit ans, puis j'ai arrêté – rien ne sert d'élever des parasites.

Le suivant du coin de l'œil, j'ai vu Siddhartha entrer dans

l'église et j'ai commencé à sentir monter la crise d'angoisse. Des sueurs froides dans les paumes, des tremblements à l'aine et dans les fesses, une envie urgente de faire pipi et le désir de tourner casaque et de prendre mes jambes à mon cou. Était-il possible que la présence de mon propre fils me fasse dérailler de la sorte ? Je me suis assis sur le bord d'un parterre de fleurs et j'ai convoqué les images de mes professeurs, Carlos Kenta Yushimito et l'incomparable Leroy Van Dyke. Je suis un homme de qualité, me suis-je dit à moi-même, en prenant de profondes inspirations. Je suis un homme de té-li-qua, ai-je répété à voix haute. Je suis l'incomparable Grandroute. Route-grand ! Je suis le meilleur commissaire-priseur au monde. Je n'ai pas été un mauvais père, je peux imiter Janis Joplin après la deuxième tournée, je peux faire tenir un œuf debout, comme Colomb, et je sais faire la planche. Oklahoma avait vendu aux enchères une paire de ciseaux ; et le garde prétorien, Rome. Moi aussi, étant à l'évidence un homme de cette trempe, capable d'exaltation, je pouvais mettre en vente mes précieuses dents. *Ichi*, *ni*, *san*, *shi*, *go*, *roku*, *shichi*, *hachi* et c'est alors que le grand chant-mé loup lu-poi prit un ci-cour-ra à travers la rêt-fo pour arriver à la son-mai de la mère-grand... et il la mangea !

Dans la sacristie, un enfant de chœur dégingandé m'attendait et s'est identifié comme étant Emiliano Monge. Il m'a tendu un contrat que je devais signer et parapher. Ignorant les circonvolutions langagières, j'ai signé les pages du contrat une par une puis me suis assis pour jouer à l'hélicoptère avec le stylo jusqu'à ce que l'enfant de chœur réapparaisse dans l'encadrement de la porte et m'indique que je pouvais y aller.

L'église était bourrée à craquer et j'ai été frappé par la forte odeur de talc dans l'air ; j'imagine que les personnes très âgées, comme les tout-petits, utilisent du talc. En sortant de la sacristie, me dirigeant vers la chaire, je me suis mis la main droite en visière au-dessus des yeux et j'ai balayé toute la salle d'un long regard, mais je n'ai pas repéré Siddhartha parmi la foule attentive. J'étais maintenant quelque peu impatient de le voir, pressé qu'il me voie en action et soit impressionné. Derrière la chaire, à laquelle avec hésitation je suis monté, la collection de dents était alignée sur une longue table en métal. Je lui ai tourné le dos avec un sentiment de tristesse. Le père Luigi m'a rejoint, m'a passé un bras autour des épaules et a chuchoté à mon oreille, tel un entraîneur de football : Montrez-leur ce que vous avez dans le bide, champion !

J'ai pris une profonde inspiration et je me suis lancé : Chers paroissiens de Sainte-Apolline, en ce jour, notre congrégation a besoin de votre générosité, de votre détermination et de votre implication. Mais les mots sortaient sur un ton qui faisait penser à un politicien sur le retour. Je me suis efforcé de moduler ma voix, d'y insuffler de l'enthousiasme, offrant à l'assemblée un large sourire, exhibant toutes mes dents. Nous avons ici devant nous aujourd'hui des pièces d'une grande valeur, car chacune contient une histoire riche de précieuses leçons. Prises ensemble, ces histoires nous rappellent la signification véritable de l'un des piliers de sagesse le plus important des Écritures : « Œil pour œil, dent pour dent. » Ce fameux dicton, loin d'être un appel à la vengeance, comme on le croit communément, est une invitation à apprécier les menus détails des objets. Dieu est dans les détails dentaires. J'ai marqué un temps d'arrêt pour les applaudissements. Mais c'est tout juste si le public m'accordait un regard, affichant un scepticisme silencieux de bétail.

J'ai réussi à rester concentré et poursuivi, haussant un peu le ton : tous les propriétaires originaux de ces dents ont été considérés comme des parasites sociaux, des bons à rien et des fainéants ; nombreux ont souffert de démence, de mégalomanie, de graphomanie, de mélancolie, d'érotomanie et d'égocentrisme aigu. Mais en dépit de toutes ces caractéristiques négatives, ils furent les possesseurs d'âmes profondes et de dents magnifiques. En d'autres termes, comme mon oncle Miguel Sánchez Foucault l'a dit à propos de tout autre chose, ces hommes et femmes sont « des vies singulières, devenues, par je ne sais quels hasards, d'étranges poèmes ». Prises en tant que collection, les dents de ces personnes infâmes sont, pour user d'un terme propre aux ventes aux enchères, « une relique métonymique ». Et nul besoin d'être superstitieux pour savoir que, correctement utilisés, certains objets peuvent nous transmettre leur puissance.

Il fallait que je me restreigne pour ne pas trop en faire parce que, comme le suggère Quintilien, quand on use de l'hyperbole, « il faut observer quelque modération car, certes, toute hyperbole est au-delà du croyable, mais elle se doit de ne pas être extravagante car c'est de nulle autre manière que les écrivains tombent aisément dans la κακοζηλία ou affectation excessive ».

Je vais vous raconter les histoires fascinantes de toutes ces dents, et je vous presserai de les acheter, de les emporter chez vous, de vous en servir, ou simplement de les chérir *per secula seculorum*. Autrement dit pour l'éternité. Sinon, ai-je continué, exagérant légèrement sur un ton menaçant, si ces reliques ne trouvent pas de propriétaire avant la fin de cette séance, elles seront vendues à l'étranger. Et s'il y a bien une chose à éviter, c'est que les autres s'approprient le peu que l'on possède.

J'ai remarqué que ce dernier argument, bien que quelque peu spécieux, avait commencé à capter l'attention des cœurs cardénistes, socialistes, nationaux-reconstructivistes de mon public. Sans plus de cérémonie, j'ai exécuté un demi-tour, me suis avancé vers ma collection dentaire, ai pris le premier lot et, le tenant en hauteur, reprenant ma place en chaire, telle une prêtresse en pleine danse delphique, j'ai entamé ma psalmodie avec l'art et le charme dont seuls ceux de ma trempe, les plus grands, sont capables.

LOT HYPERBOLIQUE N° 1

Notre premier lot n'est pas dans un état optimal. Cependant, si l'on considère son ancienneté, sa condition générale est bonne ; l'on pourrait même dire excellente. L'aplatissement significatif de la pointe conduit à supposer que le propriétaire originel, M. Platon, parlait et mangeait sans discontinuer. Il mesurait un mètre soixante-cinq de haut et quatre-vingt-cinq centimètres de large ; il était de taille moyenne mais robuste, charpenté comme un lutteur. Il avait une longue barbe ouatée, marron clair ; une chevelure épaisse de même couleur et même texture. M. Platon s'affichait à la mode de l'époque et portait sa toge ample, sans ceinture. Il n'avait pas de sandales aux pieds.

M. Platon fit une fois la comparaison entre la période de dentition et un homme tombant amoureux : « Dans cet état, l'âme entre en effervescence et en irritation ; et cette âme, dont les ailes commencent juste à se développer, peut être comparée à un enfant dont les gencives sont enflammées et agacées par les premières dents. » Charmant, ne trouvez-vous pas ?

Je me suis momentanément tu, pour préparer mon effet. Des bouffées d'air frais du matin commençaient à entrer dans l'église par la haute porte principale. J'ai eu le sentiment qu'un rayon de lumière tombait du ciel, illuminant miraculeusement la chaire. J'ai levé les yeux et remarqué immédiatement l'enfant de chœur, Monge, en hauteur, dans l'une des galeries, qui braquait un spot sur moi. Ce n'était certes pas la lumière divine, nonobstant, cela m'a grandement motivé. J'ai pris une inspiration : Mesdames et messieurs, qui va ouvrir les enchères pour la dent caverneuse de notre premier homme infâme ?

Une main s'est timidement levée au fond de l'église : 1 000 pesos. Elle fut suivie d'une autre, plus impatiente : 1 500. Puis d'une autre, et d'une autre et d'une autre encore. Le lot a été adjugé pour 5 000 pesos. Pas si mal, pour un tour de chauffe. L'acheteuse était une petite dame âgée, somptueusement vêtue. Quintilien explique que « c'est que nous sommes tous naturellement portés à exagérer ou à exténuer les choses, et que personne ne se contente de la réalité ». Je pense que c'est pour cette raison que la dent la plus usée de ma collection a été adjugée à un prix si élevé. Je me suis raclé la gorge et j'ai continué mon infamie.

LOT HYPERBOLIQUE N° 2

Le propriétaire de cette dent, d'origine nord-africaine, était de taille moyenne, avait les bras grêles et la peau douce. Quant à savoir s'il était noir ou blanc, cela fait débat. À mon avis, il était noir, sans ambiguïté aucune. Il s'appelait Augustin d'Hippone et arborait, sur le dessus de sa tête, une zone de calvitie qui ressemblait quelque peu à la bouche d'un volcan. Eussions-nous été capables de regarder dans les boyaux de ce volcan, nous eussions découvert une des mémoires les plus labyrinthiques jamais engendrées par l'union de Mère Nature et Dieu le Père. Cette mémoire prodigieuse, dont l'écoutille inférieure était précisément cette dent que nous avons devant nous aujourd'hui, fut jadis comparée par M. Augustin en personne à une étendue de campagne infinie où toutes les copies des impressions entrant par les sens étaient entreposées, en plus de leurs nombreuses variations ; elles étaient toutes les choses qui lui avaient été confiées ; les nombres abstraits des mathématiques ; ses premiers souvenirs, à la fois justes et faux ; et même, en poussant dans les zones les plus retirées, les choses qui semblaient oubliées mais, en fait, ne l'étaient pas.

Voyez-vous ce trou sur la couronne de la pièce ? Eussions-nous pu entrer par cet orifice et remonter le labyrinthe des canaux qui relient la bouche au crâne dans lequel se nichent les dents, dans l'une des cavités les plus éloignées du cerveau, nous eussions trouvé cette mémoire : un jeune étudiant en rhétorique – qui est, bien entendu, Augustin lui-même – souffre d'un terrible mal de dent implacable. Le jeune homme est entouré de sa famille et de ses amis qui tous pensent qu'il mourra bientôt tant sa douleur est intense ; il ne peut même pas ouvrir la bouche pour communiquer son affliction. À un moment donné, il rassemble ses forces et inscrit sur une tablette de cire : Priez pour ma santé. Les amis et la famille prient et le jeune homme est guéri. Un miracle. Il décide ensuite de consacrer sa vie à Dieu par le truchement d'un livre qu'il commence à écrire à peine quelques années plus tard, ses fameuses *Confessions*. Eh bien oui, ce monsieur a écrit les grandes *Confessions* à cause d'une rage de dent. Qui va ouvrir les enchères pour la dent ayant si bonne mémoire d'Augustin d'Hippone ?

Plusieurs paroissiens ont paru intéressés. Le premier a proposé 500. Le suivant voulait offrir plutôt moins que plus, en appelant à ma compassion, invoquant une démence récemment diagnostiquée. Mais ses compagnons sur les bancs se sont empressés de le faire taire et l'ont obligé à s'asseoir, arguant du fait que son cas n'avait rien d'exceptionnel. À la fin du tour d'enchères, la dent de saint Augustin a été achetée par une poétesse au visage et au corps de chouette pour 3 000 pesos. J'ai pris le troisième lot sur la table derrière moi et suis revenu à la chaire.

LOT HYPERBOLIQUE N° 3

Le propriétaire de ce lot était un homme éminent aux proportions harmonieuses, au visage notoirement beau. Il avait été baptisé Francesco Petracco, mais se faisait appeler Pétrarque car, je pense, cela sonnait plus patriarcal. Il était poète et auteur de chansons. Paresseux, comme ils le sont tous ; inconstant et mélodieux, mais habile.

Il y a de cela quelques années, un groupe de scientifiques a ouvert sa tombe car l'honorable gouvernement italien souhaitait disposer d'une copie exacte et définitive de son visage pour commémorer le sept centième anniversaire de sa mort. En réassemblant la boîte crânienne, les scientifiques ont suspecté que les os appartenaient très probablement à une femme. Ils ont fait faire des tests ADN à la fois sur les côtes et sur une incisive. Quelques jours plus tard, le docteur Carameli, le chef d'équipe, se fendait d'une déclaration publique, confirmant les soupçons initiaux : la tête était « apocryphe ». La perte de la tête originelle était imputable à un certain père Tomasso Martinelli, un pauvre abbé du dix-septième siècle, de surcroît considéré comme alcoolique. Sans plus de preuves, Martinelli fut jugé coupable d'avoir vendu la belle tête de Pétrarque à un quidam pour s'acheter quelques barriques de vin. Ce qui ne vint à l'esprit d'aucun politicien italien, c'est que le corps trouvé dans le cercueil appartenait peut-être à quelqu'un d'autre, et que la tête était celle de M. Pétrarque.

Je peux vous assurer que celle-ci est une des dents de Pétrarque. J'en veux pour preuve irréfutable qu'elle est le reflet exact de son caractère. Les dents sont les véritables fenêtres de l'âme ; elles sont la *tabula rasa* sur laquelle sont inscrits tous nos vices et toutes nos vertus. M. Pétrarque avait une nature colérique, une intelligence vive et un faible pour les plaisirs sensuels : il était plus en rut qu'un bouc, ce qui se voit aisément en jetant un simple coup d'œil à cette incisive. Il se dit qu'on trouva une fois Petracco aux portes de l'église du couvent Sainte-Claire, reluquant les femmes veuves, célibataires et mariées qui entraient pour recommander leurs âmes à Notre-Dame de Sainte-Claire à toutes heures du jour. Le monsieur était un véritable coureur. Il se fendait de commentaires grivois, chantait des paroles égrillardes de sa composition, regardait avec concupiscence leurs chevilles et leurs cous. Pendant des années il tourmenta la femme du grand comte Hugues de Sade, la splendide et discrète Laura de Noves. Naturellement il n'obtint jamais l'attention de la respectable dame.

Il est aussi de notoriété publique que cet homme infâme avait pour habitude d'écrire des lettres intimes à des gens qui, assez clairement, étaient imaginaires voire, ce qui est pire assurément, morts. M. Pétrarque désigna les produits de cette pratique démoniaque sous le terme de « lettres familières » et parfois « lettres séniles ». Le terme « sénile » me semble plus approprié que « familier ». Séniles ou, dirais-je, sans vouloir offenser les personnes ici présentes, « démentes » : il écrivait des lettres démentes aux morts. Pétrarque conservait toutes les lettres qu'il écrivait. En tout, il parvint à compiler 128 lettres séniles et 350 lettres familières. C'était un collectionneur audacieux, un flemmard stupidement ennuyeux – et brillant. Les profondeurs de son infamie et de son génie sont sans pareilles ; je me vois donc dans l'obligation d'annoncer un prix de réserve assez élevé. Mise à prix 1 500, pour qui ?

Un homme presque totalement chauve, au cou maigre et au visage potelé évoquant un tronc des pauvres, a enchéri de 100. J'ai remarqué, quand il a ouvert la bouche pour annoncer le montant, qu'elle ne contenait pas une seule dent. Personne d'autre n'a levé la main. Mon incisive a été adjugée pour 1 600. Le père Luigi, debout tel un Cerbère près de mes dents alignées, m'a passé la quatrième pièce. Il a haussé un sourcil, m'encourageant à poursuivre.

LOT HYPERBOLIQUE N° 4

Ce lot a pendant de nombreuses années été le plus recherché sur le marché des pièces de collection buccales portatives. Son propriétaire était un homme de petite taille, à la panse généreuse, au nez camus et au front comme un postérieur de cochon. La mégalomanie était sans limite dans l'âme de ce triste sire de stature minuscule. À plus d'une occasion il déclara : « Je m'étudie plus qu'autre sujet. C'est ma métaphysique, c'est ma physique. » Il mesurait moins d'un mètre soixante. Il avait le cheveu clairsemé et hirsute mais ses idées étaient prolifiques et convaincantes.

M. Montaigne, le propriétaire initial de cette dent, avait un regard serein, honnête. Son visage avait une expression entre mélancolie et jovialité. Son incompétence dans les activités du quotidien, cependant, atteignait des sommets burlesques : l'écriture de ses manuscrits était illisible ; il était incapable de plier une lettre correctement ; il ne savait pas seller un cheval ni porter ou faire voler un faucon ; il n'avait pas la moindre autorité sur les chiens ; pas plus qu'il n'arrivait à communiquer avec les chevaux. Un gâchis d'espace, eût-on dit. Un gâchis d'espace qui, toutefois, avait une bonne santé buccale, à l'exception d'angines à répétition. Il aimait la viande presque crue, y compris le poisson. Il n'appréciait ni les légumes ni les fruits autres que les melons. C'est peut-être la raison pour laquelle la dent est en si bon état. De plus, la qualité en est sublime : fine, élancée, légèrement pointue. Le secret de la longévité de cette dent ? M. Montaigne avait coutume de dire : « J'ay aprins dès l'enfance à les froter de ma serviette, et le matin, et à l'entrée et issue de la table. » Qui va ouvrir les enchères pour la dent ultrapropre de Montaigne ?

Une soudaine vague d'enthousiasme a enflé parmi les enchérisseurs. J'ai vendu mon lot favori pour 6 000 pesos. L'acheteuse était une vieille femme au visage oubliable et à la stature méditerranéenne – quant à savoir pourquoi les femmes au corps méditerranéen, la cinquantaine passée, ressemblent à des aubergines, c'est un mystère. À la fin de ce tour d'enchères, je commençais à me prendre pour Jean-Paul II. Je m'imaginais entrant dans un stade bourré à craquer, saluant le vaste public, la main en l'air. J'aurais rendu jaloux Mussolini, Madonna. Sting, Bono, Lennon et Leroy Van Dyke en personne. J'ai fini par apercevoir Siddhartha – il était assis sur un banc, dans le fond de l'église. Enhardi, j'ai enchaîné sur le lot suivant sans faire de pause.

LOT HYPERBOLIQUE N° 5

Une seule dent ayant appartenu à M. Rousseau existe encore de nos jours, mais quelle dent ! Cet homme adorable, infâme, avait des traits aristocratiques dans lesquels la moindre trace d'expression faciale était réprimée par une conscience vigilante, tyrannique. Il avait des yeux expressifs et mobiles, mais son regard n'était pas autoritaire ; malgré son intelligence indéniable, son sens de l'humour était infantile. Il croyait avec ferveur en la bonté humaine, à commencer par la sienne. Ce gentilhomme portait des épaulettes, car cette partie de son anatomie était plutôt frêle. Ce déficit était toutefois compensé par une mâchoire virile – large, carrée, avec une discrète fossette au menton – à l'intérieure de laquelle se trouvaient les dents à jamais invisibles au monde. Elles étaient si laides qu'il ne les exhibait guère, pas même en privé. Lui-même était conscient de l'épouvantable monstruosité de ses dents. Il était un lecteur avide de Plutarque, dont il avait appris quelques vertus et moult vices. Dans *Vies parallèles des hommes illustres*, Plutarque écrit que la courtisane Flora ne quittait jamais son amant sans s'assurer qu'il ait inscrit sur ses lèvres l'empreinte de ses dents. Après avoir lu cela, Jean-Jacques acquit lui aussi l'habitude de demander à ses maîtresses de le mordre avant de s'en aller. Mais pas une fois il ne mordit sa maîtresse en retour car, comme il le disait, ses dents étaient « *épouvantables* ». Il n'exagérait pas.

Le fait qu'une seule dent de Rousseau ait été conservée n'est pas dû à ses pratiques hygiéniques, qui étaient celles d'un honnête homme de l'époque, mais à sa malchance. M. Rousseau a passé une bonne partie de sa vie à marcher. Le randonneur bon à rien marchait comme si le bien-être de l'humanité dépendait de ses pas. Un jour qu'il était sorti se promener, il fut renversé par un chien. Apparemment, l'animal s'approcha de lui à grande vitesse et s'emmêla un instant dans ses jambes ; notre homme infâme alla voltiger dans le fossé qui bordait la route et en perdit une, sans doute celle que nous avons ici aujourd'hui. Elle est si horrible qu'elle mérite un monument. Celle-ci en particulier est comme un escalier en colimaçon montant jusqu'à une lucarne recouverte de plaque dentaire. Qui ouvrira les enchères pour cette unique dent entartrée de Rousseau ?

Les gens sont morbides et sordides, même quand ce n'est pas volontaire. Je pense que c'est uniquement pour pouvoir inspecter de près la dent délabrée que les enchérisseurs offrirent plus que jamais. Après un tour d'enchères surchauffé, la dent fut adjugée pour 7 500 pesos à un homme qui avait un accent étranger, toutes ses dents, mais un sourire laconique.

LOT HYPERBOLIQUE N° 6

Jamais un homme n'eut mâchoire inférieure aussi protubérante que M. Charles Lamb, qui souffrait d'un prognathisme si marqué qu'il devait tout le temps garder les lèvres légèrement entrouvertes. Sinon, une de ses canines venait frotter contre sa langue et sa lèvre supérieure, provoquant une série de plaies et d'aphtes extrêmement douloureux. Il ne serait pas déraisonnable d'imaginer que tout ce que M. Lamb écrivit – fort abondamment et fort joliment – fut le produit de la tortueuse disposition de ses dents. Il avait un bégaiement d'écolier et son écriture bégayait également. Il écrivit une fois une lettre bégayante à son ami Wordsworth, lui disant : « J'ai présentement une dent ébréchée qui m'écorche le mitan de la langue en un incessant agacement ; et c'est une lutte perpétuelle, la langue vient s'écorcher, telle la vipère contre la lime, et la dent d'irriter toute la gencive à l'intérieur et à l'extérieur jusqu'à la torture, langue et dent, dent et langue, s'affrontant âprement ; et moi d'en faire les frais, jusqu'à ce que toute ma bouche me brûle comme soufre. »

800 pesos pour la dent qui faisait bégayer Lamb ! Qui ouvre les enchères ? Qui dit mieux ?

Pas une seule main ne s'est levée, alors j'ai enchaîné sur le lot suivant.

LOT HYPERBOLIQUE N° 7

Nous avons devant nous la dent de M. G.K. Chesterton, le plus grand des fainéants propres à rien : un mètre quatre-vingts, cent quarante kilos, massif comme les tonneaux dans lesquels on fait vieillir la piquette. La chair de sa nuque dégoulinait par-dessus son col, il avait de grosses bajoues et les paupières tombantes à force de perpétuellement froncer les sourcils. Il buvait des quantités étonnantes de lait.

La dent est certes dans un état lamentable mais elle est véritablement charismatique. Il se dit que les dégâts infligés à cette dent furent causés par son inclination, qu'au demeurant il ne niait pas, pour le mâchage de billes. Je cite de mémoire : « Nous parlons bien de donner des pierres en guise de pain : mais il y a au Musée géologique certaines billes d'un beau carmin, certaines pierres veinées de bleu et de vert, qui me font regretter de ne pas avoir des dents plus solides. »

Il y a à propos de ce gentleman une histoire que j'aime particulièrement. Il a quitté sa maison un jour, sans doute mâchait-il une bille, avec l'intention unique et ferme de dessiner à la craie sur du papier kraft. Il mit six bâtons de craie aux couleurs vives dans ses poches, se glissa quelques feuilles de papier kraft sous le bras, et sortit – chapeau, canne et veste – pour dépeindre le monde alentour. À un moment donné, quand l'hippopotamique fainéant eut atteint la douce campagne des collines herbeuses, il fut approché par une vache domestique – accessoirement, le deuxième animal le plus bête du règne animal, le premier étant, évidemment, la girafe et le troisième le kangourou australien.

M. Chesterton fit deux tentatives impassibles pour dessiner la vache à la craie, mais remarqua bientôt que son talent s'achevait là où les pattes arrière du quadrupède commençaient. Après avoir soupesé la question un moment, il décida de dessiner, se coinçant le bâton de craie entre les dents, l'âme du mammifère et non pas son apparence extérieure. Il la dépeignit en pourpre avec des rehauts argentés. Fin de l'histoire. Qui ouvre les enchères ?

Il y a eu un long silence.

Qui ouvre les enchères ? ai-je répété.

La dent du fainéant propre à rien a été adjugée pour 2 500 pesos seulement.

LOT HYPERBOLIQUE N° 8

Certaines dents sont tourmentées. Tel est le cas de celle-ci, ayant appartenu à Mme Virginia Woolf. Elle avait tout juste trente ans quand un psychiatre posa comme postulat que ses maux affectifs étaient dus à un excès de bactéries autour de ses racines dentaires. Il décida d'extraire les trois le plus gravement affectées. Rien ne changea. Durant le cours de sa vie, plusieurs autres dents furent extraites, mais cela ne changea rien. Rien de rien, *strictly nothing*. Mme Woolf se donna la mort, avec moult fausses dents dans la cavité buccale. Ses amis et connaissances ne virent son sourire qu'à ses funérailles. Il fut dit qu'allongée dans son cercueil à demi ouvert, au milieu de la salle de séjour, elle avait les lèvres écartées en un sourire qui éclairait ses traits fins et intelligents. Qui offrira 8 000 pesos pour cette dent torturée ? Y a-t-il des amateurs ?

Après un silence pesant, un homme d'un certain âge, au visage buté mais respectable, l'acheta pour 8 900 pesos. À peine avais-je prononcé l'« adjugé » final, laissant mon maillet choir sur la surface inclinée de la chaire, que j'entendis un gloussement d'oiseau au sein de la congrégation.

Tais-toi, Jacinto, s'écria immédiatement quelqu'un.

Mais le gloussement retentit à nouveau. J'ai alors remarqué un petit homme au troisième rang, debout sur l'un des bancs. Ôtant son chapeau, il me regarda de quelque lointain lieu intérieur et lentement ouvrit la bouche pour articuler un autre gloussement. Un brouhaha imperceptible crépita en provenance de la masse du public.

Tais-toi et rassieds-toi, Jacinto, répéta la voix.

Un certain nombre d'autres voix relayèrent la consigne. Mais le monsieur ignora les tentatives de ses collègues retraités qui voulaient le faire taire et, en vertu de l'autorité que me conférait la chaire, je leur ordonnai de le laisser finir. Il gloussa de nouveau, plus fort cette fois-ci et avec plus d'aplomb. Les murmures se turent. Puis, avec la grâce d'un danseur classique, l'homme releva ses bras à hauteur des épaules et, sans cesser de glousser, commença à lentement les agiter comme des ailes. Je ne suis pas de ceux qui pleurent facilement, mais j'ai eu une boule dans la gorge. Il y avait quelque chose de triste et de très beau dans le vol que simulait ce paroissien âgé.

Quand le monsieur a eu fini, il s'est rassis sur son banc et a remis le chapeau sur sa tête. J'ai eu du mal à reprendre le fil de mes hyperboliques. Quelque chose dans la suspension temporelle produite par l'impossible vol de ce vieil homme de la paroisse m'avait ému.

LOT HYPERBOLIQUE N° 9

Il émane de notre avant-dernier lot, mesdames et messieurs, un air de mélancolie mystique. La dent elle-même est crocodilienne, mais son aura est presque angélique. Voyez la courbe ; telle une aile en ascension. Son propriétaire, M. Jorge Francisco Isidoro Luis Borges était de taille moyenne. Ses jambes courtes et fines supportaient un torse à la fois solide et svelte. Sa tête avait la taille d'une petite noix de coco et il avait un cou souple et élancé. Il était panthéiste. Ses yeux avaient coutume de voleter d'un côté à l'autre, inutiles, impénétrables à la lumière du soleil, mais prêts à recevoir la lumière de bonnes et belles idées. Il parlait lentement, comme en quête d'adjectifs dans le noir. Quelle est votre offre ?

À ma grande désillusion, on ne m'offrit que 2 500 pesos pour la dent mélancolique de Borges.

LOT HYPERBOLIQUE N° 10

Notre dernier lot, mesdames et messieurs, est une molaire. Son propriétaire marche encore sur cette terre avec la parcimonie d'un animal mythologique et l'esprit affranchi d'un éternel fantôme. La dent appartenait à M. Enrique Vila-Matas, et avant d'exister elle fut écrite. Que je vous explique. Le susnommé M. Vila-Matas rêva une nuit que l'une de ses molaires tombait pendant son sommeil et qu'un certain Raymond Roussel entrait dans la chambre, le réveillait en hurlant comme un sergent-major, proférant à son endroit un chapelet de conseils déraisonnables en rapport avec ses habitudes alimentaires. Avant de repartir par la porte, Raymond Roussel ramassait la dent gisant parmi les draps et la mettait dans la poche de son gilet.

Le lendemain matin, M. Vila-Matas tâta ses dents pour savoir s'il en avait effectivement perdu une. Elles étaient toutes fidèles au poste et en bon état. Étant quelque peu superstitieux, il décida alors d'écrire une histoire pour éviter que l'éventualité d'une telle perte ne se réalise un jour dans la vraie vie.

Des années plus tard, en mangeant des crevettes roses avec son ami Sergio Pitol, dans la ville de Potrero, dans l'État de Veracruz, M. Vila-Matas raconta à Pitol l'épisode de la dent. Et c'est alors qu'en plein milieu de son récit, il perdit effectivement une molaire, qui tomba dans son assiette de crevettes roses. M. Sergio Pitol, un homme d'une grande sagesse et d'un grand mysticisme, demanda à Vila-Matas de lui remettre la molaire, car il connaissait un shaman en ville qui enterrait les dents des meilleurs hommes et femmes, et avec eux se livrait à un rituel de magie blanche leur garantissant d'être préservés pour la douce éternité de la mémoire humaine. M. Vila-Matas la lui tendit, non sans réticence, mais néanmoins confiant, sachant que son ami tiendrait parole.

Ce shaman de Potrero était mon oncle, l'illustre Cadmus Sánchez, fils de ma grand-tante paternelle Telefasa Sánchez. Lorsque mon oncle Cadmus mourut, il y a quelques années, son fils, mon cousin, un imbécile qui ne mérite pas qu'on s'intéresse à lui, me téléphona pour me dire que son père avait laissé quelque chose pour moi dans son héritage et que, si je voulais récupérer mon dû, il fallait que je rapplique sans attendre à Potrero. J'ai sauté dans un bus le soir même.

Mon oncle Cadmus, comme vous l'aurez maintenant compris, m'avait laissé la collection de dents infâmes qu'il avait enterrées sous un magnifique manguier dans les faubourgs de Potrero. Dans un message, il expliquait que le terrain serait exproprié par le gouvernement d'ici quelques mois, en vue de la construction d'une centrale électrique. Il me confiait donc la mission d'exhumer les dents sacrées et de leur trouver un avenir meilleur. Nous y voilà, chers paroissiens, voici la dernière dent de la collection, la molaire du respecté M. Vila-Matas. Qui ouvre les enchères ?

À la vérité, je ne me souviens plus combien j'en ai tiré. J'étais au summum de la stupeur créée par l'atmosphère presque enivrante d'enchères qui avaient jusqu'alors été un vrai succès. Vendre aux enchères est pour moi une activité hautement addictive, comme les jeux d'argent, certaines drogues, le sexe ou le mensonge pour d'autres. Quand j'étais jeune, j'avais coutume de sortir des ventes publiques avec le désir de tout vendre : les voitures que je voyais dans la rue, les feux de signalisation, les bâtiments, les chiens, les gens, les insectes qui distraitement passaient dans mon champ de vision.

Les paroissiens étaient tout aussi enivrés par les humeurs stupéfiantes de la vente aux enchères. Ils en voulaient plus. Il était évident qu'ils souhaitaient continuer d'acheter. Et comme j'aime faire plaisir aux gens, non par docilité et déférence excessive, mais parce que je suis du genre attentionné, affable, désireux d'avoir autre chose à proposer au public, j'ai décidé, pris d'une intuition géniale qui peut être attribuée au zèle qui s'était emparé de moi, de me vendre moi-même aux enchères.

Je suis Gustavo Sánchez Sánchez, ai-je dit. Je suis le seul, l'unique Grandroute. Et je suis mes dents. Elles peuvent vous paraître jaunies et certes plus de toute première fraîcheur, mais je peux vous l'assurer : ces dents ont jadis appartenu à Marilyn Monroe, qu'il est inutile de présenter. Si vous les voulez, il faudra que vous me preniez avec. Je n'ai pas fourni plus ample explication.

Qui ouvre les enchères ? ai-je demandé sur un ton calme, tranquille, croisant les yeux de Siddhartha, fixés sur moi.

Qui va ouvrir les enchères pour moi et mes dents ? ai-je répété au public somme toute peu impressionné. Une main s'est levée. Il s'est passé exactement ce que j'avais imaginé. Pour la somme de 1 000 pesos, Siddhartha m'a acheté.

瘋狂的人 誰是永遠反對，花崗岩塊，完整和不變，
過去他的牙齒咬緊。

[Dément est l’homme qui toujours serre les dents sur
cet immuable bloc de pierre solide qu’est le passé]

LIVRE III

Les Paraboliques

Nous appellerons quelque chose *désignateur rigide* si dans tous les mondes possibles il désigne le même objet [...] Évidemment, nous n'exigeons pas que les objets existent dans tous les mondes possibles [...] Quand nous concevons une propriété comme essentielle à un objet, nous voulons dire qu'elle est vraie de cet objet en toute circonstance où celui-ci existe.

Saul Kripke

MON ONCLE MARCELO SÁNCHEZ-PROUST ÉCRIVIT JADIS DANS SON JOURNAL :

> Un homme qui dort tient en cercle autour de lui le fil des heures, l'ordre des années et des mondes. Il les consulte d'instinct en s'éveillant et y lit en une seconde le point de la terre qu'il occupe, le temps qui s'est écoulé jusqu'à son réveil ; mais leurs rangs peuvent se mêler, se rompre.

Je n'ai jamais les idées emmêlées ni ne romps quoi que ce soit quand je me réveille. Je suis comme tous les hommes simples : on ne me casse pas, on ne m'emmêle pas. Chaque jour je reviens au monde éveillé avec la splendide certitude dénuée de toute complication de mes modestes mais fermes érections du matin.

Et je ne suis pas une exception. Plutôt le contraire. Des études scientifiques récentes montrent que la toute première chose que la grande majorité des hommes remarque en se réveillant le matin est la raideur turgescente de leur organe sexuel. Il n'y a là pas de mystère. Durant la nuit, le corps pompe du sang vers le membre viril pour maintenir la température nécessaire à sa santé et à son bon fonctionnement. En conséquence de quoi nombreux sont les hommes qui se réveillent avec une fière et puissante érection dont l'intensité agit aussi comme premier ancrage au monde durant la transition du sommeil à l'état éveillé. Les femmes ne connaissent rien de tel, aussi se sentent-elles totalement désorientées en ouvrant les yeux. Elles n'ont pas ce Charon pour baliser la route d'un monde à l'autre.

Ce phénomène de la constitution masculine, connu dans le langage courant comme « l'effet tente », est un événement biologique, nullement psychologique. Mais comme tant d'autres phénomènes biologiques, il peut vite devenir une question de santé mentale et spirituelle. Si on laisse l'érection tranquille et qu'elle s'éteint d'elle-même – durant les premières gorgées de café ou sous la douche – l'homme accumule des humeurs malignes qui l'engloutissent dans le ressentiment et la rage durant toute la journée. Il devient circonspect, taciturne, secrètement agressif et peut même commencer à nourrir de perfides pensées à l'encontre de ses concitoyens, y compris les membres de sa famille et ses collègues. Toutefois, si la personne qui dort à ses côtés lui témoigne de l'empathie et soulage l'organe de l'accumulation de fluides corporels, l'homme reste d'humeur égale toute la journée, on pourrait même dire d'humeur accommodante et philanthropique. Fin de l'explication.

Mon oncle Marcelo Sánchez-Proust, qui avait moult théories sur moult choses, avait coutume de dire que tout homme devrait épouser une femme compréhensive vis-à-vis de la condition masculine. « Il vous faut trouver une dame, disait-il, qui tempère la furie accumulée durant les longues heures sans sommeil des hommes sensibles à l'élasticité du temps. » Peu importe ce que cela pouvait bien signifier, il ne se privait pas d'ajouter que c'était pour cela qu'il avait épousé ma tante Nadia et lui était resté fidèle jusqu'à ce que la mort les sépare (la pauvre femme est morte d'une angine de poitrine, comme notre père fondateur Benito Juárez). Il est possible que Tante Nadia ait eu des talents cachés, elle avait beau se vêtir comme une institutrice d'orphelinat, elle était indubitablement une virtuose de la fornication matutinale.

Moi, par contraste, je n'ai jamais eu de chance dans ce domaine – peut-être parce que la chance d'un homme chanceux, comme dans mon cas, est distribuée de manière à ne pas atteindre tout à fait les recoins les plus enfouis de l'expérience humaine. Comme la théorie de la courbe en cloche. Flaca a accompli son devoir avec moi jusqu'à tomber enceinte ; autrement dit pendant approximativement deux semaines. Après cela, que dalle. La générosité n'était pas son fort lorsqu'il s'agissait des besoins d'autrui, surtout les miens. Mais je n'ai pas non plus trouvé de réconfort avec les autres femmes de ma vie. Angelica, au demeurant loin d'être laide, se réveillait avec une haleine qui empestait le poulet, aussi était-ce moi qui refusais le contact physique. Erica quant à elle ressemblait étrangement à l'ex-président Felipe Calderón quand elle dormait car, je pense, son visage enflait un peu, en particulier ses lèvres, son nez et ses sourcils. J'aurais certes eu envie de dissiper mes humeurs réprimées en elle, mais dès que je la voyais ainsi, toute gonflée et déformée par le sommeil si semblable au président de ces sombres années du Mexique, j'étais si terrifié que je sortais en silence du lit et allais sur la pointe des pieds me faire une tasse de café fort. Et Esther, pour finir, était d'une mauvaise humeur extrême le matin. Je n'osais jamais me blottir contre elle, de peur qu'elle me frappe avec la chaîne qu'elle gardait toujours à portée de main dans son tiroir. Alors je la laissais faire le premier pas, qui consistait à me donner – chaîne à la main – un ordre polysyllabique difficile à interpréter, du genre : Grandroute à genoux et z'y va 'vec lalangue. Ou : Grandroute broute-moi. Ou simplement : Grandroute, envoie-moi au septième ciel. Mais comme – heureusement – Esther ne faisait presque jamais le premier pas, j'ai appris à me résigner à mon triste sort. J'ai un talent hors pair pour la résignation, comme tous les hommes catholiques.

Ce matin-là, le matin de ma brève captivité, le lendemain de la vente aux enchères, la première chose que j'ai remarquée a été l'érection, dont la fidèle et roide présence me ramenait chaque jour à la conscience du monde. Je me suis efforcé de l'ignorer et me suis rendormi. Je ne sais combien de temps s'est écoulé – des secondes, des minutes peut-être. Quand j'ai commencé à reprendre mes esprits, la première chose que j'ai remarquée a été une odeur âcre, comme du bois fraîchement vernis, et j'ai immédiatement ressenti une brûlure insupportable entre les yeux. J'étais étendu sur une surface dure, en bois, mais je transpirais abondamment des tempes. Ma tête me lançait dur et fort, comme un petit cœur d'oiseau. J'ai ensuite ressenti un gonflement étrange de ma langue et, au fond de la bouche, le goût légèrement métallique du sang. Dans un silence qui ne faisait qu'accentuer les palpitations irrégulières dans ma poitrine, j'ai entendu un discret ronron, peut-être un ronflement assourdi, presque un grognement. Je me suis dit que je devais être dans une chambre parmi d'autres dormeurs. Je préférais ne pas ouvrir les yeux, songeant qu'on m'avait peut-être mis dans un foyer pour personnes âgées ou en prison, et j'ai essayé de me rendormir ; sans véritablement y parvenir.

La seule chose que je me rappelais, après la vente aux

enchères à l'église, c'était d'être sorti dans la rue en tenant la main de Siddhartha. À ce moment-là, il m'est venu à l'esprit que la dernière fois que je l'avais tenue, sa petite main logeait tout entière dans la mienne. Mais j'ai immédiatement réprimé cette pensée, car elle me donnait envie de le serrer dans mes bras et j'avais l'intuition que ça ne lui plairait pas. Nous avons traversé la place, main dans la main, jusqu'à une voiture qui nous attendait au coin, moi tâchant d'expliquer à Siddhartha comment prononcer l'hilarante histoire inversée du Petit Chaperon Rouge. Siddhartha regardait droit devant lui et m'ignorait complètement, à la manière des parents qui ignorent leurs enfants quand ils essayent de leur expliquer des choses compliquées. Et c'est tout ce dont je me souvenais ; tout le reste était un grand trou noir.

Les yeux encore fermés, m'efforçant de me replonger dans le sommeil, j'ai lentement passé le bout de ma langue sur la voûte de mon palais. Et là, je me suis effondré. Quand j'ai voulu passer la langue le long du croissant que formaient mes dents, aussi sacré, gracieux et béni que la place Saint-Pierre du Bernin, je n'ai trouvé qu'un immense espace vide. Rien. Pas une seule dent. Oh, Marilyn ! J'ai porté une main à la bouche et ouvert les yeux. Je me suis assis sur mon séant et j'ai remarqué que j'avais été jusqu'alors allongé sur un banc. Du bout des doigts, j'ai tâté mes lèvres, ma langue, mon palais, mes gencives nues. Rien, pas une seule dent. Qu'aurait fait le grand architecte de Saint-Pierre si, en arrivant un beau jour au Vatican, il avait remarqué que les imposantes colonnes doriques en demi-cercle autour de l'atrium qui annonce les sommets plus glorieux encore du monument au catholicisme n'étaient tout simplement plus là ?

J'ai regardé autour de moi, inspectant la pièce où j'avais dormi, et j'ai alors découvert un enfer pire que celui qui s'était installé dans ma bouche. Un clown aux proportions surhumaines, projeté sur un écran, me contemplait d'un air bonhomme. La peur m'a envahi et, même si la chose la plus logique aurait été de me lever du banc et de foncer vers la porte entrouverte de la petite pièce, ma pudeur m'a arrêté. Mon érection persistante et – compte tenu des circonstances – inexplicable m'empêchait de me rétablir sur mes pieds. J'ai scruté la pièce. Sur les quatre écrans des quatre murs, quatre clowns catatoniques me dévisageaient. J'ai été alors certain d'avoir perdu la boule, d'avoir grillé tout mon popcorn. L'autre option, selon laquelle j'avais été kidnappé et qu'on me torturait, était bien plus inquiétante, compte tenu du fait qu'on est dans un pays où la vie humaine vaut moins qu'un billet de train Mexico-Acapulco par la misérable ligne Estrella de Oro.

Juste devant moi se trouvait l'image agrandie d'un clown au visage peint en blanc, un sourire dessiné en noir autour de la bouche et un tout petit chapeau melon à la Chaplin au sommet de son crâne chauve. J'ai tourné la tête à droite. Une image aux proportions également exagérées figurait un clown vêtu d'une combinaison de couleurs vives, le visage pour l'essentiel peint en rouge sang, et un buisson de cheveux blonds jaillissant des côtés d'une énorme caboche. Le clown à ma gauche portait une combinaison blanche et un boa en plume de canard jaune ; il avait le visage coloré de rose et, au-dessus de ses sourcils naturels, un panache de sourcils artificiels qui couraient sur son front comme une volée de marches de couleurs différentes jusqu'à un cuir chevelu presque entièrement chauve. Inutile de dire que les trois avaient le traditionnel nez rouge menaçant.

Je n'ai jeté qu'un bref coup d'œil au clown de derrière, mais j'ai réussi à distinguer une chaussure noire à large semelle et un visage rouge et noir. Tout juste aperçu du coin de l'œil, il m'a paru être le plus sinistre des quatre, alors j'ai tourné la tête pour regarder le clown devant moi – celui au visage blanc et au tout petit chapeau melon. Et puis là, me plongeant dans un abîme de confusion, ce clown a cligné de l'œil.

J'ai attendu un peu, agrippé au rebord de mon banc, pour voir s'il allait remettre ça ou si c'était juste que j'étais désorienté au point d'avoir des hallucinations. Non seulement le clown a de nouveau cligné de l'œil mais soudain, sans qu'il ouvre la bouche, une voix a retenti au-dessus de ma tête.

Tu ne trouves pas que la plupart des choses sont épatantes, Fancioulle ?

Je n'ai pas répondu, car à l'évidence ce ne pouvait être à moi qu'il s'adressait. Grandroute, tu es un imbécile, me suis-je dit. À voix haute, j'ai réussi – faiblement, certes – à répéter : Imbécile.

Je n'ai pas reconnu ma propre voix. Sans le cadre solide de mes dents, les mots qui sortaient de ma bouche étaient d'informes bouffées d'air vaguement marmonnées, la voix à peine audible d'un vieillard. Puis la voix a de nouveau retenti – lente, calme, presque cynique. Imitant ce que je venais de dire :

Im-bé-cile.

Qui êtes-vous ? Où êtes-vous ? ai-je demandé, paniqué.

Arrête, Fancioulle.

Pardon ?

Arrête de faire l'imbécile, Fancioulle.

Vous me confondez avec quelqu'un d'autre. Je suis Gustavo Sánchez Sánchez, mais les gens m'appellent Grandroute, à votre service.

Laisse tomber, espèce de bâtard. Dis-moi juste où tu as caché le démaquillant.

Je ne sais pas de quoi vous parlez, ai-je répliqué.

C'est alors que j'ai compris que la voix sortait d'un haut-parleur au plafond et qu'il y avait trois autres haut-parleurs, un à chaque coin de la pièce.

Mon démaquillant, salopard de Fancioulle. J'ai le visage qui se craquelle, je veux retirer mon maquillage.

Je n'utilise pas de démaquillant. Je ne suis ni une femme ni un clown et je ne me maquille pas.

Alors tu n'es pas un clown ? Fancioulle le sanguinolent, l'édenté, le fourbe.

Je m'appelle Gustavo Sánchez Sánchez, mais les gens m'appellent Grandroute, par affection.

Laisse tomber.

Et je suis le meilleur commissaire-priseur au monde.

Ah ouais ? Et qu'est-ce que tu es venu nous vendre ?

Ne sachant que répondre, je me suis tu. Le clown a continué à parler. Il m'a demandé si je connaissais la parabole de la perle et, sans attendre que je réponde, m'a fourni une explication détaillée. Il s'est adressé à moi comme on parle à un tout-petit ou à un étranger, articulant chaque mot avec lenteur et de manière exagérée :

> Jésus dit : « Le royaume de mon père peut être comparé à une personne qui avait un trésor caché dans son champ mais ne le savait pas. Et à sa mort il le céda à son fils. Le fils ne savait pas non plus qu'il y avait un trésor. Il s'appropria le champ et le vendit. L'acheteur, en labourant le champ, découvrit le trésor et commença à prêter de l'argent avec intérêt à quiconque le souhaitait. »

Tu comprends ça, Fancioulle ?

Oui, bien sûr. Je suis allé au catéchisme.

Alors, qu'est-ce que ça veut dire ?

Ça veut dire qu'il faut vérifier ce qu'il y a dans le champ de ton père avant de le vendre.

Imbécile.

Le clown a cligné de l'œil et, sans la moindre gêne, s'est fendu d'un grand bâillement. Puis il a dit : « Tu es la personne la plus ennuyeuse et la plus bête que je connaisse, Fancioulle. » Il a immédiatement fermé les yeux et j'ai eu l'impression, au son de sa respiration, qu'il avait sombré dans un profond sommeil.

J'étais persuadé d'être arrivé en enfer. Au cours des longs repas de famille que j'avais dû endurer dans mon enfance, mon cousin Juan Pablo Sánchez Sartre, qui avait toujours aux pieds des tongs en plastique blanc et ne tenait pas l'alcool, nous disait inévitablement – à peu près au moment où l'on servait le dessert – que l'enfer c'était nous. Il avait pour habitude de nous crier dessus, de nous insulter ; parfois il jetait des objets ou des bouts de nourriture qui restaient éparpillés sur la nappe, en particulier des grains de riz mous, puis il s'en allait en claquant bruyamment la porte derrière lui. On ne le revoyait qu'à la réunion de famille suivante, lorsque la même chose se répétait, avec de légères variations. Et donc cela s'est reproduit tous les deux mois, jusqu'au jour où Juan Pablo s'est suicidé par crise cardiaque, en pleine séance de vélo d'appartement, sous l'effet d'une puissante amphétamine. Fin du souvenir de famille. Mais il se pourrait que le pauvre Juan Pablo ait vu juste avec sa théorie. Depuis lors, j'ai toujours été persuadé que l'enfer ce sont les gens qu'on pourrait un jour devenir.

Les plus effrayants. Pour Juan Pablo, c'étaient ses proches les plus méprisables – les oncles les plus corrompus, les tantes qui empestaient les cosmétiques, les cousins ennuyeux. D'aucuns ont peur de leurs ennemis et de leurs supérieurs ; d'autres des cinglés qui errent dans les rues en parlant tout seuls ou des démentes qui se récurent la peau en public ; certains ne peuvent tolérer la présence des pauvres, des amputés, des vagabonds. Pour moi, rien de plus sinistre qu'un être humain déguisé en clown, probablement parce que j'ai toujours eu peur d'être moi-même perçu comme tel. Et j'étais là, édenté, allongé sur un banc devant des projections vidéo d'énormes bouffons endormis – ou peut-être déprimés jusqu'à la catatonie –, moi-même pris à tort pour l'un d'eux.

J'ai éprouvé le besoin impérieux de prendre mes jambes à mon cou, l'érection qui initialement m'en empêchait n'étant désormais plus un obstacle. Mais immédiatement je me suis rendu compte que courir ne servirait à rien. Pour aller où ? Au lieu de cela, je me suis levé et j'ai arpenté la pièce. Elle était carrée, ne faisant guère plus de vingt pas de côté. Dépouillée, à l'exception des quatre grands écrans sur lesquels les quatre clowns endormis étaient projetés. Près de la porte qui était restée entrouverte, un petit texte annonçait : « Ugo Rondinone. *Where do we go from here ?* Quatre installations vidéo, son, encre sur mur, bois, lumière néon jaune. » J'ai poussé la porte jusqu'à ce qu'elle soit complètement ouverte et j'ai jeté un œil à l'extérieur. La pièce donnait sur une autre, beaucoup plus large et bien éclairée. J'ai franchi le seuil, suis entré dans la plus grande pièce. Répartie dans des endroits improbables, aux quatre coins de la pièce, se trouvait une série d'objets : une affiche figurant un cheval dans une chambre d'hôtel, un chien en peluche endormi, des déguisements de rat et de souris en peluche, une prothèse de jambe poilue, un baobab minuscule, un tas de sifflets, une partition musicale sur un pupitre, une fausse fenêtre consistant uniquement en une lumière projetée au mur par des halogènes. J'ai trouvé cette dernière pièce particulièrement magnifique et je me suis dit qu'elle ferait un bel objet de collection, ou en tout cas que je pourrais copier l'idée pour mon entrepôt, qui n'avait pas autant de fenêtres qu'un endroit digne de ce nom n'en méritait.

J'essayais d'estimer le poids des spots au moment où j'ai entendu l'espèce de voix flegmatique dans l'autre pièce. Je suis revenu sur mes pas en flânant, prenant mon temps.

Tu es toujours là, Fancioulle ?

Je suis censé aller où ? ai-je dit en retournant m'asseoir sur mon banc.

Tu as dit que tu irais récupérer la Volkswagen de ma mère dans le lac, et n'essaye pas de me faire croire le contraire. C'est ta faute s'ils l'ont embarquée, Fancioulle.

Je n'ai jamais dit que je ferais quoi que ce soit. Qui êtes-vous ?

Ici, sur ta droite.

Maintenant je comprenais. La voix avait beau être la même, elle était censée venir du clown à la combinaison aux couleurs vives. Si ça se voulait convainquant, c'était vraiment loupé. Le deuxième clown me reprochait d'avoir garé une Volkswagen blanche sur une place à l'évidence réservée aux conducteurs handicapés ; ce qui témoignait non seulement d'un manque de considération de ma part pour les invalides, mais avait en plus été, prétendait-il, un acte d'une violence passive-agressive extrême envers lui et sa génitrice. Le manque généralisé de considération pour autrui et la violence passive-agressive étant, comme il l'expliqua ensuite, autant de caractéristiques typiques de la dépression. Il était par conséquent clair que j'étais profondément déprimé, aussi suggérait-il respectueusement que j'aille voir un psychologue ou un psychanalyste, il me conseillait également de dormir au moins huit heures par jour, de cesser de boire de l'alcool et de faire vraiment beaucoup d'exercice physique, car cela augmente la production de sérotonine dans le cervelet et l'hypothalamus. Je l'ai interrompu :

Pourquoi vous n'allez pas chercher la Volkswagen ? Qu'est-ce que vous faites à vous prélasser, là ?

Moi ? Je suis ici, c'est tout, je fabrique des pensées.

Qu'est-ce que vous voulez dire par *fabriquer* des pensées ? On ne *fabrique* pas des pensées.

Toi peut-être pas. Moi oui.

Vraiment ? Comment ça ?

Eh bien, à l'instant, par exemple, je suis en train de penser que les chiens sont des animaux vraiment méprisables, en plus d'être dangereux, et qu'ils devraient être éliminés.

Une pensée très profonde, ai-je dit avec un sarcasme forcé. Quoi d'autre ?

J'ai aussi élaboré les pensées suivantes : la politique italienne est ridicule ; les chats errants peuvent devenir violents même s'ils sont presque toujours des êtres accommodants, farouchement indépendants ; les couples abusifs ne sont pas du tout si rares ; si les gens sont serviables c'est parce qu'ils ont peur ; de nombreux enseignants du primaire sont cruels ; *Le Petit Prince* est un livre kitsch pour les plus de quarante ans ; et tant de saints dans la calendrier grégorien, ça ne rime à rien.

Ah, ai-je dit, ou peut-être ne l'ai-je pas dit. Peut-être me suis-je contenté de soupirer. Ou peut-être ai-je seulement inspiré.

Je pense aussi, par exemple, que le fait que tu aies oublié d'aller chercher la voiture n'est pas sans rapport avec la parabole de Bacon sur les dents du cheval.

Encore une parabole ?

Tais-toi et écoute bien.

En l'année de grâce 1432 survint une grave querelle parmi les frères d'un monastère au sujet du nombre de dents dans la bouche d'un cheval. Treize jours durant la dispute fit rage sans discontinuer. On alla quérir maint livre ancien et mainte chronique et ce fut une débauche de merveilleuse et pesante érudition comme on n'en avait encore jamais vu en cette région. Au début du quatorzième jour, un jeune moine altier de port demanda à ses doctes supérieurs la permission d'intervenir, et sur-le-champ, au grand étonnement des parties en litige, dont il vexa la grande sagesse, eut l'inédite grossièreté de leur demander de daigner regarder dans la bouche ouverte d'un cheval pour trouver la réponse à leurs interrogations. Entendant cela, leur dignité gravement blessée, les voilà fort courroucés ; et tous, comme un seul homme, en un puissant tumulte, de lui tomber dessus à bras raccourcis, de le rosser, anches et cuisses, et de l'expulser sur-le-champ. Car, dirent-ils, assurément Satan avait tenté ce néophyte effronté pour qu'il propose cette manière impie et inédite de trouver la vérité, contraire à tous les enseignements des pères. Après mainte querelle encore, la colombe de la paix se posa sur l'assemblée et tous, comme un seul homme, décrétèrent le problème mystère durable et insoluble, faute de preuves historiques ou théologiques afférentes, et d'ordonner que cela fût inscrit en toutes lettres.

Je n'ai pas compris un mot, ai-je dit.

Tu ne trouves pas cela louche ?

Dans quel sens ?

Dans le sens où tu es un vieillard édenté, méprisable, qui ne comprend pas, et oublie les choses et les gens.

Vous avez peut-être raison, ai-je dit, sentant la châsse de la culpabilité se taillant davantage de place quelque part dans ma poitrine.

Et vas-tu maintenant aller chercher ma voiture, espèce de fourbe et médiocre petit Fancioulle insignifiant aux frêles guibolles ?

Ma foi, peut-être.

Le clown n'a rien dit – et son silence a duré suffisamment longtemps pour que je comprenne que notre conversation était terminée. Peut-être avait-il raison. Peut-être devais-je aller acheter du démaquillant et sortir la voiture du lac. De toute façon, je n'avais rien d'autre à faire. Mais quelle pensée idiote. Les clowns n'étaient que des vidéos, et la voix, de toute évidence, sortait d'un haut-parleur. J'ai décidé d'attendre patiemment que la voix retentisse à nouveau.

La première fois que j'ai éprouvé de l'horreur en présence d'un clown c'était à l'âge de quinze ou seize ans. J'étais à la station de métro Balderas avec mon ami El Perro. Il était onze heures du soir tout juste passées et nous revenions d'une partie de dominos disputée sur le toit de chez un ami, dans le centre de Mexico. Il n'y avait personne d'autre dans la station, juste El Perro et moi, qui attendions le dernier métro. À un moment donné, on a entendu une sorte de grognement caverneux, immédiatement suivi d'un souffle. Et de nouveau : grognement, souffle, grognement. On a regardé autour de nous – rien, pas âme qui vive alentour. El Perro s'est approché de l'escalier qui reliait le quai au boulevard et a regardé en haut. Il est resté là un moment, pétrifié, ahuri. Puis il m'a fait signe de venir et a mis le doigt sur les lèvres pour que je ne fasse pas de bruit. Je me suis silencieusement approché. Accroupi en haut de l'escalier, le pantalon baissé, un clown chiait tranquillement. J'ai essayé de réprimer le rire qui montait de mes poumons comme un reflux nerveux, mais j'ai été trop lent. J'ai émis une sorte d'éternuement : un rire a tout de même filtré malgré la main que j'avais sur la bouche. Le clown a levé la tête et m'a regardé droit dans les yeux – j'ai eu l'impression d'avoir devant moi un animal sans défense face à un prédateur potentiel, se rendant vite compte que celui à ses trousses était en fait la proie. Il a remonté son pantalon et foncé sur nous. On a couru à perdre haleine.

Terrifiés, désorientés, on a rebroussé chemin dans le labyrinthe des passages de la station Balderas, à la recherche d'une sortie qui ne soit pas fermée à clé. En tournant à un coin, je me suis trouvé si près du clown qu'il m'a taclé. Je suis tombé par terre. Il s'est jeté sur moi, comme un homme se jette sur une femme qui lui résiste. Il m'a cloué au sol en m'immobilisant le bas des jambes. Et là, il a laissé tomber sa tête et l'a enfoncée dans mon ventre, venant fourrer le bout de son nez dans mon nombril. Il a fourré son visage plâtré de maquillage dans ma chemise blanche et, à mon grand étonnement, a éclaté en sanglots – je n'ai jamais su si c'était de honte ou de tristesse naturelle.

Quelques secondes plus tard, ayant repris mon souffle, j'ai réussi à me sortir de sous son corps exténué ; El Perro et moi avons continué – alors lentement et en silence – en empruntant des couloirs déserts, jusqu'à trouver une sortie ouverte. Fin du souvenir.

Pendant longtemps, on a fait toutes sortes de blagues à propos de cette mésaventure et on a raconté à nos proches des versions de plus en plus exagérées de l'histoire. Mais derrière le rire et la bouffonnerie accompagnant l'anecdote, je sentais un poids lourd et brûlant sur mon ventre à chaque fois que le sujet était abordé. J'imagine que les braises de l'humiliation que j'ai découvertes brûlant dans les yeux de ce clown ne m'ont jamais quitté.

Au bout d'un certain temps, la même voix léthargique, nasale, est sortie du haut-parleur.

Le grand Fancioulle ! s'est-elle exclamée, suintante d'humour narquois.

J'ai supposé que c'était à présent le clown à ma gauche qui s'adressait à moi, celui qui avait les multiples sourcils ascendants.

Je sais ce que tu penses, grand, grand Fancioulle.

Quoi ?

Tu penses que tu vaux mieux que le reste d'entre nous.

Non, ce n'est pas ça.

As-tu entendu la parabole de l'homme roux, du grand auteur et philosophe Daniil Kharms.

De fait, oui.

Eh bien tu es comme l'homme roux sur lequel il a écrit, Fancioulle, alors écoute attentivement :

> Il était une fois un roux qui n'avait pas d'yeux et pas d'oreilles. Il n'avait pas non plus de cheveux, ce qui fait que si on disait qu'il était roux, c'était par convention.
>
> Il ne pouvait pas parler, du fait qu'il n'avait pas de bouche. De nez non plus, il n'en avait pas.
>
> Il n'avait même pas de bras ou de jambes. Il n'avait pas non plus de ventre, il n'avait pas non plus de dos, il n'avait pas non plus de colonne et il n'avait pas non plus la moindre tripe. Il n'avait rien ! Ce qui fait qu'on ne comprend pas de qui on parle.
>
> Bon, alors, le mieux, c'est qu'on n'en parle plus.

Fin de l'histoire.

Fin de l'histoire ?

Fin de l'histoire.

Ce n'est pas une parabole. C'est une allégorie.

C'est une superbe parabole, une supraparabole, qui semble inspirée précisément de toi, Fancioulle. Qu'en penses-tu ?

Elle est instructive.

Vraiment ? Instructive, c'est tout ?

Très instructive, et aussi ingénieuse. Mais je ne comprends pas pourquoi c'est une parabole.

Et donc que proposerais-tu que je fasse pour ça, grand Fancioulle ?

Je ne proposerais rien.

C'est ce que je pensais. Ne te rends-tu pas compte que tu n'as rien à offrir ?

Si, je crois que si.

Et que le schisme entre la perception que tu as de toi-même et la perception que les autres ont de toi est irréconciliable ?

Peut-être.

De plus, tu es incapable de rire à une blague qui ne soit pas de toi. Et cela en dit long sur les limites de ton intelligence.

Bien.

Et si tu franchis les frontières de l'excentricité, ce qu'il y a de l'autre côté c'est la bouffonnerie : tu es un clown.

S'il vous plaît, maintenant ça suffit.

C'est exactement ce que je dis, Fancioulle. Maintenant ça suffit. Et si tu me rendais un service ?

De quoi s'agit-il ?

J'ai besoin d'une monographie sur la révolution russe. Pourrais-tu aller me la chercher à la papeterie ?

Oui, bien sûr, ai-je répondu, me trouvant soudain englué dans la soumission.

Et il me faut *Le Coton et ses dérivés* et *Arctique en Antarctique*, plus un autre intitulé *Les Baleines et leurs dérivés*, et peut-être aussi *Drapeaux d'Asie*.

Okay, je vous les trouverai.

Merci, a répondu la voix, satisfaite.

À propos, vous ne sauriez pas ce que c'est comme modèle de Volkswagen, si ? ai-je demandé, montrant du doigt le clown en combinaison rouge qui me toisait dans un silence total, clignant de l'œil de temps à autre.

Une coccinelle blanche de 70, aucun doute.

Et dans quel lac se trouve-t-elle ?

Je pense que c'est celui du côté de Calle Ferrocaril. Mais pourquoi vas-tu chercher sa voiture ?

Parce que c'est ma faute si la voiture a été embarquée.

J'ai attendu la réponse du clown. Il n'y en a pas eu pendant un certain temps. Quand la voix de ventriloque a de nouveau retenti, j'ai immédiatement su que c'était le quatrième clown qui me parlait, celui à la figure sinistre au visage peinturluré en rouge et noir. J'étais alors prêt à recevoir les coups, l'humiliation, ses tentatives scandaleuses de m'épuiser. Ce que ce fils de grosse truie ignorait, c'est qu'on ne casse pas Grandroute, on ne le confond pas. J'ai décidé d'attaquer en premier, de faire en sorte que mon visage et ma voix soient en accord avec mon triste sort.

Fancioulle à ton service. Que puis-je faire pour toi, Siddhartha ?

Il y a eu un long silence.

Que voudrais-tu, fils ? ai-je répété.

Rien, a-t-il fini par répondre.

Non, vraiment. Que puis-je faire pour toi ?

Rien, vraiment, rien.

Allons, dis-moi. Quelque chose, n'importe quoi, tout ce que tu veux, ai-je insisté.

Honnêtement, vous ne pouvez rien pour moi, père.

Un verre d'eau, au moins ?

Non.

Tu ne vas pas refuser un verre d'eau !

Bon, d'accord. Un verre d'eau.

Je vais te chercher ça, ai-je finalement dit en me relevant du sol, étirant les bras et les jambes. Il m'a fallu quelques instants pour retrouver mon équilibre, mais dès que je me suis senti stable dans mes chaussures, j'ai traversé la pièce dans un soudain état d'euphorie non dissimulé. Je me sentais léger, libéré de quelque chose. J'imagine que mon oncle Fredo Sánchez Dostoïevski avait raison quand il disait que l'insulte, après tout, est une purification de l'âme. Je me suis poliment incliné devant les clowns catatoniques et suis sorti par la porte la-la-tra, la-la-tra.

對於從來沒有哲學家，可以耐心地忍受牙痛。

[Car jamais il n’y eut de philosophe capable de supporter avec patience la douleur d’une rage de dent]

LIVRE IV

Les Circulaires

La rigidité, au sens strict, signifie la désignation de la même chose dans tous les mondes, ou du moins tous les mondes où cette chose existe. Tout cela convient pour les nombres et autres choses semblables, mais sans le recouvrement des mondes nous n'attendrions pas du nom propre ordinaire d'une personne ou d'une chose – d'une ligne de chemin de fer, disons – qu'il soit strictement rigide. Néanmoins, un nom propre ordinaire pourrait bien être *quasi rigide* : c'est-à-dire qu'il pourrait nommer, là-bas dans un autre monde, la contrepartie de ce qu'il nomme ici.

David Lewis

Je dois signaler qu'un matin, je ne sais précisément à quelle heure, je suis moi aussi sorti dans la rue après avoir passé un jour et une nuit dans ma « chambre aux fantômes », ainsi que mon oncle Roberto Sánchez Walser avait coutume d'appeler son salon. J'avais perdu mes dents, j'avais dormi sur un banc, j'avais donné mon accord pour être humilié et sentimentalement torturé par mon propre fils mais, en dépit de tout cela, j'étais dans un état d'esprit extravagant d'aventurier tropicalement romantique ; je pense que c'est parce que j'ai toujours eu les pieds sur terre.

Dans la lumière métallique reflétée par les nuages, j'ai reconnu les premiers signes de l'aube et j'ai été soulagé de constater que j'étais dans un environnement familier : un des parkings de la vieille usine à jus de fruits, à Ecatepec, à quelques mètres de la Vía Morelos. Il avait plu et il y avait dans l'air une odeur de caravanes, de tortillas et de pneus brûlés. C'est chez moi, me suis-je dit, et je me suis souvenu de cette chanson magistrale de Napoleón : « Parce que tu es celle que tu es, voilà pourquoi je t'aime. » Ça m'a donné envie de chanter à tue-tête, et c'est ce que j'ai fait.

J'ai traversé le terrain de l'usine, en chantant sous les nuages effilochés du matin, jusqu'à arriver à un abri pour bicyclettes. Parmi les travailleurs qui arrivaient et s'arrêtaient à l'abri pour y laisser leur véhicule, j'ai repéré mon sage et vieil ami Tácito – qui gagne sa vie en rédigeant des devises pour les *fortune cookies* chinois – tentant d'attacher une bicyclette à un des tubes en métal. Il était enveloppé dans une toge couleur ivoire, les cheveux soigneusement peignés et la moustache coupée style pinceau de peintre – plus élégant et distingué que jamais. Il m'a salué avec effusion et m'a demandé de mes nouvelles, mais quand j'ai ouvert la bouche pour lui répondre, il a remarqué mes dents manquantes et n'a pu cacher sa vive émotion.

Quid accidit, Grandroute ?

Comme tu le vois, mon cher ami, ai-je dit. J'ai perdu mes dents.

E longinquo contemplari, si non nocet, a-t-il répondu avec sa sérénité coutumière.

Merci, je pense que mon fils, ce fils de pute, me les a volées, ai-je dit. Mais je ne suis pas sûr. Je m'en vais les chercher.

Cum coeperint cum faciunt animos nostros facultas amittatur.

Exactement, mon cher ami. Écoute, pourrais-tu me prêter ta bicyclette pour que j'essaye de les retrouver ?

Il m'a dit que la bicyclette appartenait à son frère, et m'a demandé si par hasard je ne l'aurais pas croisé. Non, lui ai-je répondu, je ne l'avais pas vu depuis de nombreuses années. Son frère avait apparemment ingurgité une dose presque létale de peyotl la semaine précédente et s'était mis à errer dans les rues d'Ecatepec. Tácito était parti plusieurs jours à sa recherche afin de lui rendre sa bicyclette. Je suis quelqu'un de pratique. Je lui ai proposé une solution raisonnable :

Au lieu d'entraver sa bicyclette, pourquoi ne pas me laisser la lui emprunter, et je chercherais son frère tout en tâchant de retrouver mes dents ?

Tácito, de son côté, a toujours été raisonnable et généreux.

Et spes inanes, et velut somnia quaedam, vigilantium, Grandroute, mon ami, a-t-il dit, me tendant le guidon.

Puis, d'un sac en cuir qu'il portait en bandoulière sur la poitrine, il a sorti un sachet de *fortune cookies* chinois qu'il a disposé dans le panier du vélo d'un geste solennel :

Antiquan sapientiam fortune cookies chinois *vestram in comitetur vobiscum quaerere.*

Je l'ai remercié sincèrement et suis monté sur la bicyclette. Puis j'ai traversé Morelos et tourné dans Sonora, vers l'est, bien décidé à accomplir toutes mes missions, localiser le frère égaré de Tácito, et même peut-être retrouver mes dents. Il y avait un immense ciel clair devant moi et le soleil commençait tout juste à apparaître parmi les austères barres de renfort sur les toits des maisons.

À cette heure du jour, le seul endroit ouvert était Las Explicaciones, au croisement de Sonora et de Las Torres. L'endroit est fameux car le café y coûte un peso, une miche de pain cinq et qu'il y a toujours plusieurs exemplaires du journal du jour. Je m'y suis arrêté prendre un petit déjeuner et j'ai demandé un journal, et un Nescafé pour tremper les *fortune cookies* chinois que Tácito m'avait donnés. J'ai extrait les bouts de papier sur lesquels étaient écrites les devises, puis j'ai plongé et trempé chaque biscuit afin de le ramollir juste assez pour pouvoir l'avaler sans craindre d'abîmer mes gencives à vif. Les bouts de papier, je les ai mis dans ma poche de pantalon pour plus tard.

À côté de moi, le seul client dans le café était un jeune homme mince, circonspect, le visage piqueté de taches de rousseur couleur tabac, très concentré. Il portait un costume trois-pièces d'un jaune pimpant qui était trop grand pour lui et un panama. Assis à une table près d'une fenêtre à travers laquelle la lumière matinale commençait à entrer, il tenait un crayon à papier et écrivait silencieusement dans un carnet.

De ma table, je lui ai demandé sur quel sujet il écrivait tant. Sans quitter le carnet des yeux, il a dit qu'il prévoyait juste une promenade relingo.

Une promenade *quoi* ? ai-je marmonné de ma voix de vieux fou nouvellement acquise.

Une promenade du côté des *no man's land*, des terrains vagues, des espaces sans propriétaires ni usage défini, m'a-t-il éclairé de ces trois explications.

J'ai ouvert la bouche comme un poussin fraîchement pondu et, montrant du doigt ma caverne édentée, j'ai dit :

Des espaces vides comme celui-ci ?

Le jeune a levé les yeux, finalement intéressé par ma personne. J'ai profité de son attention pour continuer, prenant soin de ne pas perdre l'attention qu'il me portait :

Comment vous appelez-vous ?

Jacques de Voragine. Mais on m'appelle Voragine.

Vous êtes quoi ? Auteur-compositeur-chanteur ? Artiste ?

Non, a-t-il dit sur un ton mélodramatique. Je suis écrivain et guide touristique des églises de la ville. Je vis du second et meurs du premier.

Ah ! Alors vous devez connaître l'écrivain qui a écrit un livre et s'est fait refaire les dents.

Non, monsieur, qui est-ce ?

Un écrivain qui s'est fait remplacer toutes les dents après avoir écrit un livre, c'est tout.

Fabuleux. Fascinant. Incroyable, a-t-il dit sur un ton hésitant, peu sûr de ses adjectifs.

Et, à propos, je suis Gustavo Sánchez Sánchez, ou tout simplement Grandroute, à votre service. Ça ne vous ennuierait pas que je vienne m'asseoir au soleil avec vous ? Je ne veux pas vous déconcentrer.

Non, bien sûr, je vous en prie, prenez place : de toute façon, je n'ai pas eu une seule idée de toute la matinée.

J'ai commandé trois Nescafé de plus – deux pour moi et un pour lui – et me suis assis face au jeune homme. Il avait, au bout de ses doigts osseux, ai-je remarqué, les ongles ras des gens nerveux.

Et donc vous êtes nouveau dans le quartier ?

C'est exact, monsieur.

Et comment comptez-vous être guide touristique si vous ne connaissez pas les lieux ?

Non, les touristes ne viennent pas ici. J'habite à Ecatepec, mais j'organise des visites guidées dans le centre de Mexico.

Vous vivez seul ?

Non, avec deux frères, qui travaillent dans le commerce du livre. Je ne connais pas leur nom mais entre eux ils s'appellent Affection et Compréhension, sans distinction. Ils possèdent une presse typographique et une maison d'édition qui s'appelle Rincón Cultural.

Et pourquoi selon vous n'avez-vous pas pu écrire aujourd'hui ?

Je ne sais pas. Peut-être suis-je terrifié à l'idée de ne pas être pertinent.

Pertinent ?

Il y a déjà trop de choses – a-t-il poursuivi sur un ton de malade chronique –, trop de livres, trop d'opinions. Quoi que je fasse, cela ne fera qu'ajouter au grand tas d'ordures que chacun laisse derrière lui. Vous voyez ce que je veux dire ?

Tout à fait. C'est pour ça que je suis commissaire-priseur.

Vous ? Vous vendez des œuvres d'art aux enchères ?

Tout ce qui me passe entre les mains.

Par exemple ?

Par exemple, je peux vous vendre aux enchères mon nom. J'ai rassemblé six homonymes. J'intitule la série « Gustavos circulaires » car ils doivent être vendus par le truchement de circonvolutions énigmatiques, comme les épithètes et les périphrases de Statius.

C'est-à-dire ?

Eh bien :

> Poissons, ascendant Scorpion. Né à San Andrés, Chalchicamula, le 12 mars 1911. Il fut président du Mexique de 1964 à 1970, période pendant laquelle : il fit disparaître des étudiants, occupa militairement l'Université autonome nationale de Mexico, jeta en prison des travailleurs, renvoya des professeurs, des médecins et des cheminots qui protestaient contre les bas salaires. Il mourut d'un cancer colorectal.

Qui est-ce ? ai-je demandé à Voragine.

Aucune idée, Grandroute. Désolé.

Le président Gustavo Díaz Ordaz, bien sûr. Essayons un autre.

Naquit le 19 avril 1801, sous le signe du Taureau, ascendant Balance. Père des études de psychophysique et pionnier visionnaire de la psychologie expérimentale. On lui doit aussi la fameuse formule S = KlnI, qui décrit la relation non linéaire entre les sensations psychologiques, les impressions et l'intensité des stimuli physiques. Actif, athée, homme à femmes, généreux, mourut le 18 novembre 1887.

À qui fais-je référence ?
Désolé, aucune idée.
Gustav Theodor Fechner. Un autre.

Sagittaire, écrivain, gros, français.

Oh ! Gustave Flaubert ?
Oui, effectivement.
Okay, donnez-m'en un autre.
D'accord :

Cancer, ascendant Verseau. Il naquit le 7 juillet 1860 et mourut le 18 mai 1911. Juif, natif de Bohême, il composa les dix œuvres symphoniques de Mahler, mais n'acheva pas la dixième car il mourut avant. Il épousa Mme Alma Mahler, qui eut aussi des relations avec Walter Gropius, Franz Werfel, Klimt, Max Burkhardt, Alexander von Zemlinsky, Oskar Kokoschka et Johannes Hollsteiner, pour n'en nommer que quelques-uns.

Facile : Gustav Mahler.
Bien, bien. Un autre :

> Sagittaire. Était féministe, naquit à Hambourg en 1868.

Ce sont là toutes les informations ?

Oui, désolé.

Je ne sais pas.

C'est Lida Gustava Heymann. Je vais vous en donner une dernière :

> Cancer. Ascendant Cancer. Un désastre astrologique. Amant, voire mari, de la femme de Gustav Mahler. C'était un peintre symboliste, sujet à des céphalées chroniques et à l'expression érotique.

Gustav Klimt ?

Exact.

Amusant, a-t-il dit. Mais comment vous y prenez-vous pour vendre aux enchères des noms ?

Je le fais, c'est tout. Ce que les commissaires-priseurs vendent, en définitive, ce ne sont que des noms de gens, et peut-être des mots. Je ne fais que leur donner un nouveau contenu.

Expliquez-moi !

Voyez-vous, je suis comme ces gens qui fouillent dans vos poubelles ; mais avec distinction. J'expurge ; je trouve. J'aromatise, nettoie et désinfecte. Je recycle.

Le jeune Jacques de Voragine regardait sa tasse de café, à laquelle il n'avait pas encore touché. Il a pris le sucrier, a versé une quantité écoeurante de sucre dans la tasse puis a touillé par à-coups avec son crayon de papier.

Voyons voir. Lisez-moi ce que vous êtes en train d'écrire maintenant, ai-je dit, tâchant de relancer la conversation.

Oh, rien de spécial, c'est juste la description d'un coin de rue.

Je suis resté silencieux, en attendant qu'il commence. Le jeune homme a hésité un moment, jusqu'à finalement ouvrir son carnet, se racler la gorge et lire :

> Il y a une quincaillerie en face de la maison où j'ai emménagé. Je la vois de la fenêtre de la salle de bains sur le toit, le seul endroit où je peux fumer en silence. Tous les après-midi, pendant que les employés de la quincaillerie commencent à fermer boutique, le propriétaire, un homme sénile, tire une chaise longue sur le trottoir et se met à aiguiser la pointe des punaises qu'il a dans une boîte à outils, par terre, à côté d'un pied de chaise. Une par une il les aiguise soigneusement sur le bord du trottoir, après quoi il les jette dans la rue. Le rituel ne dure pas plus de dix minutes. Je laisse tomber ma cigarette dans les toilettes, et il replie sa chaise.

Je ne suis pas allé plus loin, a-t-il dit avec un regard qui quémandait mon assentiment.

C'est plein de tendresse, ai-je dit.

Merci.

Et vous avez une jolie petite écriture.

Merci.

Mais c'est complètement erroné.

Pourquoi, monsieur ?

Vous parlez bien de la quincaillerie de M. Alfonso Reyes,

n'est-ce pas ? La Higuera. Au croisement de Durango et Morelos.

Comment avez-vous deviné ?

Ah, petit oiseau, c'est une longue histoire. Mais l'important est que votre description est inexacte, parce que M. Alfonso n'est pas gaga, pas plus qu'il n'aiguise ces punaises. Il les émousse, au contraire. Il émousse celles qui sont un peu tordues et, quand elles sont correctement émoussées, il les jette dans la rue pour qu'elles ne crèvent pas de pneus, ne présentent pas un danger pour les voitures.

Et pourquoi ne les jette-t-il pas à la poubelle ?

Parce qu'elles déchirent les sacs-poubelle.

Je vois.

Écoutez, Jacques, Voragine, jeune Jacques Voragine, je pense pouvoir vous aider si vous m'aidez. Vous savez, vous me grattez le dos et je vous gratte le dos.

Je ne suis pas sûr de pouvoir vous aider, monsieur ; je ne suis pas bon à grand-chose. Mais je vous écoute.

J'ai besoin de recouvrer ma dignité – mes dents, en l'occurrence – car, sans elles, je ne peux rien recycler, ni même manger ou parler comme un être humain. Et vous, vous manquez d'argent, de temps, de liberté, de paix, d'expérience professionnelle, de vie dans la rue, de femmes, de stimulants, et de tout ce dont vous avez assurément besoin pour vos chefs-d'œuvre.

C'est vrai, monsieur.

Mais vous ne pouvez rien avoir de tout cela. Vous ne pouvez pas, parce que vous passez deux heures par jour à faire la navette pour vous rendre dans le centre crasseux de Mexico, où vous travaillez pour un quelconque fils de pute qui vous exploite, et vous rentrez chez vous, où habitent d'autres jeunes hommes comme vous – tout aussi bizarrement attifés que vous –, et la maison est une porcherie, alors vous commencez par faire la vaisselle, balayer les boules de poils par terre, plier les tee-shirts, suspendre les chaussettes solitaires. Vous vous faites un sandwich avec juste du fromage parce que le jambon a viré au vert morve et, en fin de journée, vous êtes tellement fatigué et déprimé que vous n'avez plus le courage de vous asseoir pour faire la seule chose que vous aimez.

Je suis sans voix, monsieur Grandroute. Comment avez-vous su pour les boules de poils ?

Je ne suis pas né de la dernière pluie.

Je vois. Mais je ne comprends toujours pas où vous voulez en venir, monsieur.

Que vous deveniez un véritable artiste.

Et que proposez-vous pour que j'y parvienne ? a-t-il demandé d'une voix presque grincheuse, redressant son chapeau.

C'est là que j'interviens. Je peux vous apporter beaucoup, comme un logement gratuit, par exemple. Un artiste a besoin de se loger sans bourse délier. J'ai une belle maison Calle Disneylandia, avec les plus belles collections d'objets qu'on ait jamais vues. Et n'allez pas croire que je suis une sorte de dégénéré à la Michael Jackson. J'aime les femmes de mon âge.

Logement gratuit ? Et quoi d'autre ?

Je peux vous donner une éducation.

Comment ça ?

Je peux vous apprendre à éviter de payer vos repas, à circuler en bus gratis. Je peux aussi vous apprendre la rue. Je connais ce quartier comme ma poche, je peux vous dispenser tout ce savoir. Voilà comment cela va se passer : je vous raconte l'histoire de chaque coin de rue ; je vous présente à mes contacts ; je vous prends sous mon aile, comme on dit. Petit à petit, quand vous connaissez vraiment les lieux, vous pouvez ouvrir ici votre propre commerce pour touristes. Fin de l'histoire.

Et où est-ce que je trouve les touristes ?

Ils viendront d'eux-mêmes. L'important est de raconter des histoires à propos du quartier. Dès que vous les avez, les gens afflueront pour les écouter. Les lieux et les choses sont tissés d'histoires.

Je n'en suis pas certain.

Raconter des histoires, n'est-ce pas ce que vous faites ?

Si.

Eh bien, un peu de confiance, que diantre !

Supposons que vous ayez raison. Que j'accepte votre proposition. Qu'allez-vous me demander en échange ?

Presque rien. Vous écrivez pour moi, et c'est tout.

J'écris quoi ?

Ce que je vous demande d'écrire. D'abord j'ai besoin que vous écriviez mon histoire, l'histoire de mes dents. Je vous la raconte, vous l'écrivez, c'est tout. On vend des millions d'exemplaires, et je me fais remettre des dents pour de bon. Puis, quand je meurs, vous écrivez aussi à ce sujet. Parce que l'histoire d'un homme ne s'achève qu'à sa mort. Fin de la mission.

Et quoi d'autre ?

Ma foi, si ça se passe bien entre nous, je peux vous proposer d'autres boulots.

Comme ?

Eh bien, j'ai besoin de faire le catalogue de ma collection d'objets à collectionner. J'ai la meilleure au monde. Et comme je n'ai plus énormément de temps ici-bas, je veux organiser une grande vente aux enchères, pour laquelle j'aurai besoin d'un catalogue. Mais n'allons pas trop vite en besogne. Pour l'instant, vous écrivez mon autobiographie dentaire.

Le mélancolique jeune Voragine a fini par sourire, mais il n'a pas répondu.

Qu'est-ce qui vous fait sourire ?

Rien. Ce serait votre biographie, pas votre autobiographie.

Ah ! Je vois, en plus, que vous serez un bon écrivain.

Pourquoi dites-vous cela ?

Parce que, quand vous souriez, vous ne montrez pas vos dents. Les vrais écrivains ne montrent jamais leurs dents. Les charlatans, en revanche, exhibent un sinistre sourire à pleines dents. Regardez bien. Trouvez des photos de tous les écrivains que vous respectez, et vous verrez que leurs dents demeurent en permanence un mystère occulte. Je crois que la seule exception est l'Argentin Jorge Francisco Isidoro Luis.

Borges ?

Lui-même. Aveugle et argentin. Mais il ne compte pas parce qu'il était aveugle, donc il ne pouvait sans doute pas s'imaginer en train de sourire – du moins pas avec le sourire qu'il avait étant aveugle, si vous voyez ce que je veux dire.

Borges est mon idole. L'avez-vous lu ? a demandé le jeune Voragine avec un enthousiasme enfantin.

Pas autant que je le lirai à l'avenir, ai-je rétorqué.

Je pense que ça va bien se passer entre vous et moi, monsieur Grandroute. Et je serais content de rédiger votre biographie.

Mon autobiographie, espèce de maigrichon entêté, parce que c'est mon histoire et que c'est moi qui la raconterai, vous vous contenterez de la retranscrire.

Comme vous le souhaitez, monsieur. Je serais heureux d'écrire votre autobiographie dentaire.

Je préfère ça.

Nous avons passé le reste de la matinée à commander des Nescafé, à nous raconter des histoires, à affiner les détails de notre collaboration. Sur les coups de midi, le soleil d'été a commencé à réchauffer le sol en béton du café. Les Nescafé nous avaient rendus survoltés comme deux défoncés à la protococaïne, et tous les *fortune cookies* chinois avaient disparu.

Allons-y, Voragine, ai-je dit, en laissant un billet de vingt sur la table, la figure de Benito Juárez tournée vers le ciel. Mon nouveau vélo est là, dehors. Un ami vient de me le donner.

Mon vélo est aussi dehors, a-t-il dit.

Parfait. On peut récupérer vos affaires et je vous conduis à Disneylandia.

Entendu.

Génial. N'en dites pas plus. On y va ?

Maintenant ?

Là, tout de suite.

Fin de la conversation.

LES *FORTUNE COOKIES* DE TÁCITO :

該名男子在山頂不降。

L'homme en haut de la montagne ne tombe pas.

龍仍然在深水變成獵物的螃蟹。

Le dragon immobile dans les eaux profondes
Devient la proie des crabes.

福无重至，祸不单行。

Un bonheur ne vient jamais accompagné, un malheur ne vient jamais seul.

當兩兄弟一起工作的山區轉向黃金。

Quand deux frères travaillent ensemble, les montagnes deviennent d'or.

不聞不若聞之，聞之不若見之，見之不若知之，知之不若行之；學至於行之而止矣。

Mieux vaut entendre que ne pas entendre ; mieux vaut voir qu'entendre ; mieux vaut savoir mentalement que voir ; mieux vaut jouer la comédie que savoir mentalement : l'apprentissage authentique se poursuit jusqu'au passage à l'action.

風向轉變時，有人築牆，有人造風車。

Quand le vent tourne, certains construisent des murs, d'autres des moulins à vent.

舌頭抗拒，因為它是軟的，牙齒產生，因為他們是很難的。

La langue résiste parce qu'elle est molle ; les dents cèdent parce qu'elles sont dures.

把話說到心窩裡。

Mettez vos mots dans la bouche du ventre.

LIVRE V

Les Allégoriques

Mes spéculations m'ont conduit à conclure qu'il fallait que je revienne à l'essentiel et repense non seulement la sémantique des noms mais leur syntaxe même, la métaphysique des mots : comment les mots devraient-ils être individués ? Quelle est la nature d'un mot ?

Les noms sont une sorte spéciale de mot, si spéciale que certains ont estimé qu'ils ne faisaient pas du tout partie de la langue. Je ne suis pas d'accord et soulignerai plusieurs aspects par lesquels les noms sont comme les autres mots, mais je ne suis pas en désaccord sur le fait que les noms sont spéciaux à divers titres.

David Kaplan

Je ne sais pas si cela devrait faire partie de l'histoire, parce que c'est une partie qui semble se replier sur elle-même, si bien que j'en suis déconcerté, agité et que j'y me perds. Mais je ne vois pas non plus comment cela peut être ignoré.

De retour à Disneylandia, Voragine et moi avons constaté que ma maison et mon entrepôt avaient été cambriolés. Ma collection avait disparu, jusqu'à la dernière pièce. J'ai tout d'abord éprouvé un formidable soulagement. Puis un peu de tristesse. Puis de l'incrédulité. Et ensuite, à nouveau, une forme plus profonde de tristesse et de soulagement mêlés, presque un état d'apesanteur.

Les jours suivants ont été déconcertants et difficiles, et je préfère ne pas en parler. J'ai suivi une thérapie de groupe. J'ai regardé la Formule 1 à la télé. J'ai envisagé le catholicisme. J'étais perdu comme une hirondelle en Antarctique, comme dit Napoleón.

Un matin, alors qu'on buvait le café, Voragine a essayé de me persuader d'aller chez le dentiste pour me faire mettre un dentier provisoire, de manière à pouvoir au moins manger de la nourriture normale. J'ai résisté un peu, mais le garçon avait raison et je suis un homme raisonnable, en dépit d'un certain entêtement. Dès que j'ai eu le nouveau dentier – bon marché et un peu trop serré, mais fonctionnel – j'ai commencé à dicter mon autobiographie dentaire. Il m'a fallu un certain temps pour trouver les bonnes structures, mais Voragine a fait remarquer qu'il fallait qu'il y ait un commencement, un milieu et une fin, et cela m'a aidé à commencer.

Un mois plus tard, comme je lui avais promis, nous avons commencé l'« Éducation de l'artiste Voragine ». Notre première leçon : récupérer et recycler des objets que mon fils m'avait laissés dans la galerie à côté de l'usine de jus de fruits. Vers une heure du matin, par un dimanche particulièrement calme, mon ami El Perro, qui travaillait encore comme chauffeur de l'usine, est venu nous chercher au volant d'un chouette camion. On a pris la petite route, où il n'y avait pas le moindre barrage de sécurité. El Perro s'est garé dans une ruelle, m'a confié un trousseau de clés et Voragine et moi sommes entrés dans le petit bâtiment contigu à l'usine où se trouve la galerie. On a commencé dans le bureau à droite de l'entrée de la galerie. On n'y a pas trouvé grand-chose, mais Voragine a pris un catalogue sur le bureau, qui s'est par la suite révélé pratique. J'ai réquisitionné quelques crayons de papier, qui seraient eux aussi bien pratiques, tandis que Voragine ne cessait d'écrire.

On s'est promenés avec prudence, parce que la galerie était assez obscure et qu'on avait décidé de ne pas allumer la lumière principale, au cas où il y aurait des caméras. Le seul éclairage provenait des spots braqués sur les objets. Je dois dire que, dans cette lumière particulière, ils paraissaient encore plus beaux que dans mes souvenirs, lorsque je les avais vus pour la première fois, le matin de ma brève captivité. J'ai reconnu en premier les costumes somptueux (en peluche), la partition musicale sur son podium, la prothèse de jambe.

Je ne suis pas du genre pleurnichard, même pas au cinéma. Quand j'ai soudain vu mes anciennes dents – celles que j'avais vendues aux enchères à l'église – je n'ai pas pleuré. J'ai henni de joie. Elles étaient arrangées en un petit tas, éclairées à la verticale par en haut, et placées sur un piédestal de bois blanc. C'était vraiment quelque chose. Je les ai rassemblées dans mes deux mains et les ai mises dans ma poche de veste.

Le reste de l'opération s'est passé vite et en douceur. Le seul objet qui nous ait posé problème était l'affiche de taille moyenne qui représentait un cheval, mais à deux on a réussi à la traîner jusqu'au camion, et El Perro nous a aidés à la charger à l'intérieur. Deux heures plus tard, on était tous les trois de retour dans mon entrepôt, à étudier la nouvelle collection d'objets, à boire de grandes lampées d'une bouteille d'aguardiente, la contribution d'El Perro. « Mieux vaut l'homme heureux que le fils de l'homme heureux », a déclaré El Perro avant de s'endormir dans le fauteuil Acapulco. Un type comme ça, on ne peut que l'aimer.

Le lendemain matin, j'ai réveillé Voragine à sept heures et je l'ai fait venir à la cuisine. El Perro était rentré chez lui – il ne s'impose jamais. J'ai tendu à mon jeune apprenti une tasse de café et une série de carnets Scribe. Je venais d'avoir une bonne idée de vente aux enchères, or les bonnes idées n'arrivent jamais sur deux roues, alors je voulais que cela soit noté par écrit immédiatement.

La série s'intitulerait « Allégoriques d'Ecatepec », elle recyclerait les objets nouvellement collectés en racontant des histoires utilisant les noms collectés de mes amis et connaissances du quartier – en remerciant comme il se doit les artistes qui avaient fabriqué les œuvres et en utilisant le catalogue qu'on avait réquisitionné pour nous servir de guide. Pas de complications. Les meilleures idées, comme les plus beaux objets, sont simples.

Mais si on utilise les vrais noms des artistes, a dit Voragine, on va se faire attraper.

Oui, bonne remarque, jeune homme. Nous allons devoir les modifier.

Mais si on les modifie, a-t-il poursuivi, les objets perdront de leur valeur.

Non, ils ne perdront pas de leur valeur.

Si, ils perdront de leur valeur.

Voragine, je vous en prie, bouclez-la et notez ceci :

LOT ALLÉGORIQUE N° 1 : AFFICHE REPRÉSENTANT CHEVAL
ARTISTE : DOUG SÁNCHEZ AITKEN
MISE À PRIX : 1 M

Chacun sait que les chevaux n'ont pas de compassion, ai-je dit à Alan Pauls. Si un cheval vous voit debout devant lui en train de pleurer, il continue à brouter en clignant des yeux. Vous vous mettez à pleurer plus fort, les yeux débordants de larmes et de douleur, alors le cheval lève la queue et lâche un long pet silencieux. Il n'y a pas moyen de l'émouvoir. J'ai rêvé une fois qu'un cheval me léchait le visage obstinément. Mais ça ne compte pas car c'était en rêve.

Je peux vous assurer que les chevaux qui travaillent à Central Park sur l'île de Manhattan souffrent de dépression, a répondu Alan Pauls après que je m'étais risqué à lui faire part de ma théorie. Nous attendions tous les deux le bus, à côté du kiosque à journaux de Rubén Darío Jr. J'ai remarqué qu'Alan Pauls contemplait, avec un zeste de mélancolie, la spectaculaire affiche devant nous, de l'autre côté de la rue. Il s'agissait d'une publicité avec une photo de cheval – peut-être, effectivement, un cheval plutôt triste – debout à côté d'un lit dans un hôtel à New York.

Et comment savez-vous que les chevaux de Central Park sont déprimés ?

Il m'a dit qu'il venait de lire un bref article sur la psychologie des chevaux de New York.

Dans quel journal ? ai-je insisté.

Dans un journal acheté au kiosque. Il l'avait dans son attaché-case si d'aventure j'étais intéressé – c'est une de ces publications bon marché mais fiables, a-t-il expliqué. Les chevaux de Central Park, à New York, avait dit le journaliste du journal bon marché mais fiable, tombent en dépression.

Et comment le savent-ils ? ai-je demandé.

Il y a des preuves scientifiques empiriques, a-t-il dit, peut-être arrivait-il un peu à bout de patience. Puis il a sorti le journal de son attaché-case, l'a ouvert et a cherché l'article. Il l'a vite retrouvé et a commencé à lire à voix haute, marquant des silences opportuns, levant les yeux de temps à autre pour croiser mon regard et s'assurer que j'étais pleinement attentif. Les chevaux de cette ville 1/ courent à toute vitesse et s'écrasent le museau contre les murs des immeubles ; 2/ont les poils de la crinière qui tombent par poignées ; 3/ se mordent les sabots jusqu'à ce qu'ils tombent ; 4/ défèquent allongés et non pas en marchant, comme le font tous les chevaux *normaux* ; 5/ certains finissent par se suicider.

Quand il a eu fini de lire le bref article, il a replié le journal et se l'est calé sous le bras. Il m'a vaguement souri. Nous avons continué à attendre ensemble le bus, contemplant en silence l'affiche publicitaire de l'autre côté de la rue.

LOT ALLÉGORIQUE N° 2 : FENÊTRE EN LUMIÈRE
ARTISTE : OLAFUR SÁNCHEZ ELIASSON
MISE À PRIX : 5 M

La couturière à la retraite Margo Glantz n'a réveillé son fils qu'après dîner. Durant la semaine précédente, Margo Glantz, qui souffrait d'insomnies, s'était sentie irritée par la présence de son fils, David Miklos qui, quant à lui, souffrait de narcolepsie. David Miklos avait perdu son boulot à la caisse de la Farmacia del Ahorro parce qu'il s'était endormi à plus d'une occasion. La dernière semaine, il avait passé toute la journée à piquer de soudains roupillons dans les recoins les plus improbables de la maison. Ignorant l'état de santé de son fils, Margo Glantz le considérait comme un fainéant, un oisif et un paresseux. Secrètement, elle enviait cette capacité qu'il avait de dormir à toute heure du jour.

Un lundi après-midi, alors que David Miklos dormait encore inopportunément dans le fauteuil, Margo Glantz colla une rangée de timbres-poste sur son front, après les avoir chacun humectés du bout de la langue, et l'emmena au bureau de poste. Elle le posa délicatement sur le comptoir et demanda à la préposée de l'envoyer au Surinam. La fille la toisa d'un air soupçonneux et lui dit qu'il était impossible de donner suite à sa requête car il manquait quatre timbres – pour l'Afrique c'était neuf timbres or le colis n'en avait que cinq.

Mais le Surinam c'est en Amérique du Sud, espèce d'idiote, rétorqua-t-elle.

Alors c'est douze timbres, rectifia la fille.

Elle annonça également que le bureau de poste était sur

le point de fermer, qu'il faudrait donc qu'elle revienne le lendemain.

Margo Glantz revint le lendemain, puis le surlendemain, tenant dans ses bras David Miklos qui dormait à poings fermés. Mais il lui manquait toujours quelque chose – un timbre, une lettre certifiée conforme pour les paquets de grande taille, de l'argent, une pièce d'identité, le code postal dans son intégralité pour l'adresse qu'elle avait fournie à Paramaribo. La fille – qui, bien que n'étant pas la même chaque fois, en donnait pourtant l'impression en raison de sa conduite robotique et de l'affectation caractéristique de toutes les préposées de la poste – la gratifiait d'un regard désobligeant et lui demandait de revenir le lendemain.

Au matin du septième jour, un dimanche, Margo Glantz décida de laisser dormir David Miklos. Elle se réveilla tôt, prit un bain chaud et se rendit à la boutique d'animaux. Comme ils n'avaient pas de chiens à vendre, elle opta pour un lapin d'occasion. Elle le baptisa Cocker. Le lapin était très vieux, presque vénérable, si bien que lorsqu'elle essaya de lui passer la laisse autour du cou, il résista. Elle le ramena à la maison en le portant dans ses bras et le posa sur le sol de la salle de séjour, au pied du fauteuil dans lequel David Miklos dormait encore.

Margo Glantz – lentement, et en faisant le plus de bruit possible – tira une chaise de la cuisine jusqu'à la salle de séjour. Elle mit un disque du chanteur Taylor Mac, s'assit en tailleur et, chantant à tue-tête, regarda Cocker qui, à son tour, l'observait d'un air extrêmement maussade jusqu'à fermer les yeux et sombrer dans un sommeil profond. Elle remarqua que Cocker avait choisi une zone de soleil par terre pour s'endormir et l'envia terriblement. Elle envisagea de l'emmener illico au bureau de poste et de l'envoyer au Surinam – ou ailleurs. Mais elle renonça immédiatement, se rappelant que la dégoûtante, ridicule et inefficace poste était fermée le dimanche. Plus tard, elle tenta de réveiller le lapin, mais c'est à peine s'il leva une paupière avant de se rendormir.

L'après-midi s'écoula, Margo Glantz contemplait son fils et Cocker endormis, remarquant que le petit corps duveteux de l'animal glissait presque imperceptiblement à travers la pièce tandis que le soleil s'enfonçait dans le ciel et que le parallélogramme de lumière entrant par la fenêtre et tombant au sol se déplaçait vers le mur, indiquant, à sa manière, le passage des heures.

Quand le soleil se coucha enfin et que la zone de lumière eut complètement disparu, Cocker ouvrit les yeux. Margo Glantz était debout devant lui, tenant une casserole par la queue. À l'aide de la casserole elle le frappa cinq fois sur la tête. Une fois Cocker mort, elle dépeça soigneusement le lapin et le cuisina avec du romarin, du thym et du vin blanc. Quand elle eut terminé son dîner, elle réveilla tendrement son fils et ouvrit en grand la fenêtre du séjour, laissant entrer l'air frais et humide de la nuit.

LOT ALLÉGORIQUE N° 3 :
DÉGUISEMENT DE RAT ET DE SOURIS

ARTISTE : PETER SÁNCHEZ FISCHLI

MISE À PRIX : 3 M

La jeune dame Valeria Luiselli, élève médiocre au lycée, bégayait et faisait un usage excessif du suffixe *-ment.*

Comme ses parents, Mme Weiss et M. Fischli, souhaitaient qu'elle prononce un discours à la fête d'anniversaire de ses quinze ans, ils l'inscrivirent à des cours de chant, d'élocution et de prise de parole en public. Sa fête serait une célébration très élégante dans la salle de bal du quartier, et il fallait que la jeune fille se prépare pour l'occasion.

Pour les cours d'élocution et de prise de parole en public, ils engagèrent le fameux professeur Guillermo Sheridan. La première phrase que le professeur Guillermo Sheridan enseigna à Valeria Luiselli était : « Tite-Live avait une caboche comme une noix de coco et Octavio Paz avait la grosse tête. » Malgré la brièveté et la simplicité de la phrase, il fallut beaucoup d'efforts à la jeune fille pour arriver à la prononcer correctement. Chaque fois qu'elle faisait une erreur, le professeur Guillermo Sheridan lui frappait la paume de la main avec une badine. La fille dut répéter la même phrase 112 fois avant que le professeur déclare la première séance terminée.

Ce soir-là, il y avait au dîner du poulpe *a la gallega* avec du riz blanc. Les parents de la jeune fille lui demandèrent comment s'était passé son premier cours de prise de parole en public, et si elle avait appris quelque chose d'utile dont elle souhaitait leur faire part. La fille répondit :

Tite-Live était caca moche et tournait à la coco.

Qu'est-ce que tu racontes, ma fille ? s'enquit son père.

Tite-Live était caca moche et tournait à la coco, répéta l'adolescente.

Les parents de Valeria Luiselli échangèrent un regard et terminèrent leur poulpe sans mot dire.

Ce soir-là, les géniteurs de la jeune fille enfilèrent leurs déguisements de rat et de souris et, au lieu de lire ou de regarder la télévision, comme ils le faisaient presque chaque soir, ils se livrèrent à un extravagant et bruyant coït ininterrompu. Quand ils eurent fini, encore à moitié vêtus de leurs déguisements, ils restèrent allongés en silence, les yeux au plafond.

LOT ALLÉGORIQUE N° 4 : MONTAGNE DE MERDE
ARTISTE : DAMIÁN SÁNCHEZ ORTEGA
MISE À PRIX : 4 M

Yuri Herrera, capitaine de la Patrouille Alpha, fut élue meilleure policière chargée de la circulation de l'année 2011. Un dimanche soir où elle ne dormait pas, Yuri Herrera apprit par cœur tout le fameux discours de *Macbeth* qui commence par : « Demain et demain et demain… » Elle le récita devant sa glace à 5 h 25 du matin, tout en ramenant ses cheveux en un chignon qu'elle fit tenir avec un certain nombre de pinces à cheveux et de barrettes. Puis elle prit son sifflet entre les dents et souffla.

Elle sortit dans la rue, tirée à quatre épingles. En tournant au croisement d'Amapola et d'Amapolas, elle retrouva sa collègue policière, Vivian Abenshushan, la négociatrice en cas de prise d'otage de la Patrouille Omega.

Qu'est-ce qu'on a aujourd'hui, Abenshushan ? demanda-t-elle.

Individu suspect sur Avenida Morelos se dirige vers Parque del Amor, chère collègue. On arrive juste à temps.

La capitaine Abenshushan était plus grande et plus robuste que la capitaine Herrera, mais elles étaient aussi valeureuses l'une que l'autre.

À ce moment-là, Terence Gower et Rubén Gallo, propriétaires du sauna public Couscous & Baguettes, arrivèrent, juchés l'un et l'autre sur des bicyclettes identiques, et saluèrent de la main les deux policières. Les deux agentes redressèrent les épaules, sourirent et les saluèrent à leur tour en soufflant dans leurs sifflets. À ce moment-là, l'individu suspect passa, baissa la vitre de sa Nissan Tsuru marron et jeta une bouteille en plastique vide dans leur direction. La bouteille atterrit aux pieds de la capitaine Abenshushan ; furieuse, elle shoota dedans de toutes ses forces, la propulsant en pleine rue. Les sympathiques cyclistes l'avaient une fois de plus empêchée d'appréhender le contrevenant qui leur balançait chaque matin une bouteille vide de Coca.

Ma vie est une montagne de merde, déclama la capitaine Abenshushan d'une voix légèrement théâtrale. La capitaine Yuri Herrera qui, plus âgée, était mieux préparée pour résister aux assauts d'une nouvelle journée identique à la précédente, à la suivante et à celle d'après, récita à l'intention de sa collègue, sur un ton vif et fervent appris à l'académie de police, le monologue shakespearien qu'elle avait appris par cœur la veille au soir.

La capitaine Abenshushan écouta attentivement, soupçonnant vaguement sa collègue de commencer à perdre la boule. Mais elle s'empressa d'enfouir cette pensée au plus profond d'elle-même et donna deux coups de sifflet, afin de dire sa reconnaissance pour la compassion de la capitaine Herrera. Sentant qu'elles avaient besoin de faire une pause, les capitaines Herrera et Abenshushan décidèrent de prendre leur petit déjeuner à Las Gorditas de Pancho Villa, le stand de gorditas de Toño Ortuño, au croisement d'Isabel la Católica, dans l'espoir que la matinée passerait vite.

LOT ALLÉGORIQUE N° 5 : PROTHÈSE DE JAMBE
ARTISTE : ABRAHAM CRUZVILLEGAS SÁNCHEZ
MISE À PRIX : 6 M

Un jour, Unamuno alla au magasin acheter des œufs de poule. Unamuno ne mangeait pas d'œufs, mais sa femme, qui avait une jambe de bois, voulait faire une omelette et demanda à Unamuno d'aller au magasin de Daniel Saldaña París acheter des œufs. Elle demanda explicitement qu'ils soient blancs et non pas marron.

Unamuno revint du magasin avec un sac en papier rempli d'œufs marron. Regardant dans le sac et constatant que les œufs n'étaient pas de la couleur souhaitée, la femme le traita d'idiot et le somma de retourner acheter des œufs blancs.

Unamuno repartit donc au magasin où, cette fois-ci, il acheta des œufs blancs. De retour à la maison, il trouva sa femme endormie sur le lit. La femme avait laissé sa jambe de bois posée contre le bureau à cylindre, comme toujours lorsqu'elle faisait un petit somme en milieu de matinée.

Unamuno plaça alors le sac d'œufs par terre, sur le tapis et, muni de la fausse jambe, frappa six fois sa femme pour la réveiller.

LOT ALLÉGORIQUE N° 6 : CHAUVE-SOURIS
ARTISTE : MIGUEL SÁNCHEZ CALDERÓN
MISE À PRIX : 6 M

Guillermo Fadanelli lisait *La Phénoménologie de l'esprit*, dont l'auteur était pour un quart son homonyme, Jorge Guillermo Federico Hegel, lorsque soudain un nain entra dans le restaurant Shanghai Star où il était installé, tira une chaise et s'assit en face de lui. L'homme se présenta sous le nom de Pouchkine. Ils commandèrent au serveur une tournée de bières et Pouchkine fondit en larmes. La raison de ses pleurs, dit-il à Guillermo Fadanelli, était que son père était un débauché. Le terme qu'il utilisa était донжуан et il n'est pas certain que la traduction « débauché » soit correcte.

Une demi-heure plus tard, Pouchkine prit congé. Immédiatement après, un autre nain entra dans le restaurant et vint prendre place à table. Guillermo Fadanelli l'invita à boire un verre. Après avoir sorti un mouchoir de sa poche, essuyé les larmes qui coulaient sur son visage et s'être bruyamment mouché, le nain annonça qu'il s'appelait Gogol et que la raison de son malheur était qu'il avait appris que son père était un dégénéré. Dans ce cas, le terme qu'il utilisa était вырождаться. Tout porterait à croire que la traduction « dégénéré » est correcte.

Quand Gogol partit, un troisième nain entra dans le restaurant. Comme c'était à prévoir, il se livra à la même routine que ses deux prédécesseurs et prit place à table. Le scrutant tandis qu'il se mouchait, Guillermo Fadanelli prit les devants : Laissez-moi deviner, vous vous appelez Dostoïevski et vous êtes malheureux parce que votre femme est une трутень. Le nain le regarda fixement, abasourdi. Pourquoi dites-vous cela ? demanda-t-il, après avoir bu une grande gorgée de bière. Guillermo Fadanelli répondit que догадался по горячности своего голоса et lui adressa un sourire légèrement ironique. Vous vous trompez, Guillermo. Je m'appelle Daniil Kharms et je me mouche parce que je suis allergique au pollen.

À ce moment-là, le serveur s'approcha de la table, un panier à la main rempli de *fortune cookies* chinois. Guillermo Fadanelli en prit un et le coupa en deux moitiés comme on casse un œuf. Il laissa tomber le bout de papier sur la table. Puis, le dépliant lentement, lut à voix haute :

« La chauve-souris de l'histoire doit avoir cet aspect-là. Elle a tourné le visage vers le passé. Là où une chaîne de faits apparaît devant nous, elle voit une unique catastrophe dont le résultat constant est d'accumuler les ruines sur les ruines et de les lui lancer devant les pieds. Elle aimerait sans doute rester, réveiller les morts et rassembler ce qui a été brisé. Mais une tempête se lève depuis le paradis, elle s'est prise dans ses ailes et elle est si puissante que la chauve-souris ne peut plus les refermer. Cette tempête la pousse irrésistiblement dans l'avenir auquel elle tourne le dos tandis que le tas de ruines devant elle grandit jusqu'au ciel. Ce que nous appelons le progrès, c'est cette tempête » (WALTER BENJAMIN, légèrement modifié).

Le bout de papier dit tout ça ? demanda Daniil Kharms.

Oui, répondit Guillermo Fadanelli.

Je ne vous crois pas, rétorqua Kharms, et il tira une balle entre les deux yeux de Fadanelli.

Il sortit ensuite un cookie du panier que le serveur tenait toujours. Imitant la gestuelle de son compagnon désormais défunt, il le cassa lui aussi en deux moitiés identiques, laissa tomber le bout de papier sur la table, le ramassa et lut :

« Quand tu croques des pousses de bambou avec les dents, souviens-toi de l'homme qui les a plantées. »

LOT ALLÉGORIQUE N° 7 : BAOBAB BONSAÏ
ARTISTE : SAM SÁNCHEZ DURANT
MISE À PRIX : 3,5 M

Mario Levrero avait fait un mois minable. Septembre était presque fini et il n'avait pas été capable de vendre une seule police d'assurance-vie ; apparemment plus personne n'avait peur de la mort. En quittant son bureau à l'Assurance Chaque Minute, vendredi, il s'était rendu à la pépinière de M. Alejandro Zambra et avait acheté un baobab bonsaï ; il se sentait tellement inadapté qu'il tenta de se suicider en se pendant à une branche de l'arbre minuscule. Ce fut un échec.

LOT ALLÉGORIQUE N° 8 : CHIEN EN PELUCHE
ARTISTE : MAURIZIO SÁNCHEZ CATTELAN
MISE À PRIX : 2,5 M

Il y a quelques années, Álvaro Enrigue, le chauffeur de bus de la ligne M100 tenta perfidement d'écraser une vieille dame paralysée sur Avenida Revolución. Il fut condamné à une brève mais épouvantable peine. Après sa sortie, je l'ai rencontré un après-midi à Let There Be Lux, le bar de Mme Abramo, et il me confia qu'en ce jour fatidique, le notaire, Juan José Arreola, avait pris son bus au croisement de Loma Bonita et d'Avenida Interior. Dès qu'Álvaro Enrigue l'aperçut, il sut que sa présence était un mauvais présage. De fait, à l'arrêt suivant, des jumeaux en bras de chemise, qui se présentèrent sous les noms d'Oscar de Pablo et Pedro de Pablo, hissèrent dans le bus une dame en chaise roulante avec un chien endormi dans ses bras. À eux deux, ils la sortirent de son fauteuil roulant et l'installèrent sur le siège à côté du notaire, puis ils descendirent en silence du bus. Le chien continua de dormir comme un bébé dans les bras flasques de la vieille dame.

Deux rues plus loin, la dame demanda à descendre à l'arrêt suivant en disant : Stop. Les deux jeunes hommes en bras de chemise l'attendaient, tenant les poignées du fauteuil roulant. Ils montèrent dans le bus, soulevèrent la vieille dame et, une fois dehors, la redéposèrent dans son fauteuil roulant, avec le chien toujours paisiblement endormi. Quelques rues plus loin, les deux hommes, accompagnés de la dame en fauteuil roulant, firent signe au bus. Ils répétèrent la procédure précédente et, deux rues plus loin, la dame réclama de nouveau l'arrêt en lançant : Stop.

Pendant tout ce temps, le notaire, Juan José Arreola, feignait l'épuisement, incapable de dire ou de faire quoi que ce soit dans cette situation clairement absurde, intolérable autant pour le chauffeur que pour certains passagers.

Dans la Calle Barranca, M. Paco Goldman Molina et Mme Guadalupe Nettel montèrent dans le bus. Ils sortirent leurs guitares et se mirent à interpréter « La Guanábana ». Un léger sourire apparut sur le visage d'Álvaro Enrigue. Il tourna à droite dans Revolución et demanda à Paco et Guadalupe d'interpréter « La Baraja ». Pendant que Paco Goldman chantait et que Guadalupe Nettel grattait sa guitare, la montée et la descente de la vieille dame paralysée et de son chien endormi se répétèrent, avec l'aide des jumeaux de mauvais augure.

Álvaro Enrigue en avait assez. Le verre à moitié vide de sa proverbiale patience spartiate était à sec. Quand les jumeaux en bras de chemise, debout au croisement de Revolución et de Periodismo, tel un couple de sphinx malveillants, à côté de la dame en fauteuil roulant avec son chien repoussant endormi, firent à nouveau signe au bus pour qu'il s'arrête, il fonça droit sur eux quatre. Les jumeaux et la vieille dame, qui en fait n'était pas le moins du monde paralysée, réussirent à éviter le bus en se jetant sur le côté. Le chien, en revanche, fut tué lors de la malheureuse mésaventure.

LOT ALLÉGORIQUE N° 9 :
PARTITION MUSICALE SUR PUPITRE
ARTISTE : FERNANDO SÁNCHEZ ORTEGA
MISE À PRIX : 3 M

Mario Bellatin et César Aira tirèrent sur leurs blousons noirs, ajustèrent leurs lunettes de soleil et regardèrent attentivement la partition devant eux. Prenant une profonde inspiration synchronisée, ils commencèrent en *do* majeur : « Le Seigneur est mon berger. Je ne manque de rien... »

Fin des Allégoriques. Quand j'ai eu fini de dicter, j'ai concocté un repas à base de pain et de tomates pour Voragine et moi-même, et nous nous sommes assis dans mes fauteuils Acapulco pour regarder la télévision. On ne sait jamais quand la société va faire une montagne d'une taupinière. Aux informations c'était le branle-bas de combat. Un important cambriolage avait été signalé à la galerie appartenant à l'usine de jus de fruits. La police avait mis la main sur un suspect, dont le nom ne serait pas révélé, mais qui était associé à l'usine. Notre première réaction fut d'avoir peur pour El Perro. Puis, un peu, pour nous. Mais quand je lui ai téléphoné, sa femme m'a dit qu'il faisait un petit somme. J'étais persuadé qu'ils avaient arrêté Siddhartha.

Et j'avais raison, pas vrai, Voragine ?

Oui, Grandroute, vous aviez raison.

Nous avons néanmoins décidé que nous devions nous débarrasser des lots au plus vite. Ce soir-là, nous avons demandé à El Perro de nous aider à les transporter jusqu'à la décharge de M. Ibargüengoitia, sur Calle Ferrocarril. Nous en avons tiré 100 pesos.

Et je crois que je peux maintenant dire qu'ensuite j'ai vécu heureux, pas vrai, Voragine ?

Je crois, oui, Grandroute.

Alors notez cela et allons voir des dames.

會偷蛋，就會偷牛

[Qui vole un œuf vole un bœuf]

LIVRE VI

Les Elliptiques

Si « l'auteur de *Waverley* » signifiait autre chose que « Scott », alors « Scott est l'auteur de *Waverley* » serait erroné, ce qui n'est pas le cas. Si « l'auteur de *Waverley* » signifiait « Scott », alors « Scott est l'auteur de *Waverley* » serait une tautologie, ce qui n'est pas le cas. Par conséquent « l'auteur de *Waverley* » ne signifie ni « Scott » ni quoi que ce soit d'autre – autrement dit « l'auteur de *Waverley* » ne signifie rien.

Bertrand Russell

Quand j'ai fait la connaissance de Grandroute, il était malade et affaibli. Chaque fois qu'il voyait son reflet dans une glace, il disait qu'il ressemblait à un coq de basse-cour puis gloussait en se regardant. Effectivement, le peu de cheveux qu'il avait était constamment dressé vers les cieux ; il avait des jambes maigres aux veines apparentes et un ventre rond protubérant. Il avait perdu ses fausses dents adorées, si bien qu'une chose aussi ordinaire que parler n'était certes pas impossible, mais une lutte constante contre l'humiliation. Grandroute était cependant un homme agréable de caractère. Il ne manquait jamais de se réveiller tôt, de bonne humeur, il choisissait alors une radio qui passait de la bonne musique et préparait du café pour nous deux. Je le rejoignais dans la cuisine un peu plus tard, prêt à écouter ses histoires et à prendre des notes.

Quand Grandroute a commencé à me raconter ses histoires, je l'ai tout d'abord pris pour un menteur invétéré ; mais ensuite, habitant avec lui, je me suis rendu compte qu'il s'agissait moins de mensonge que de dépassement de la vérité. Grandroute était un de ces esprits amples et éternels. Sa présence était parfois menaçante – non pas parce qu'il représentait une véritable menace pour qui que ce soit, mais parce que, comparés à sa féroce liberté, tous les paramètres que nous utilisons normalement pour mesurer nos actions paraissent triviaux.

Grandroute avait plus de vie en lui que l'homme ordinaire. Même aujourd'hui, maintenant qu'il est mort, il y a des gens qui croient l'apercevoir, passant à toute vitesse, filant vers un endroit ou un autre, toujours juché sur le vélo qu'il a acquis au Pavillon pour Bicyclettes de Terence Gower, devant l'usine de jus de fruits [figure 1]. El Perro dit toujours que, certains matins à la première heure, on peut le voir au sommet de l'une des collines délimitant la cuvette creusée de ce terrain vague.

J'ai retranscrit ses histoires et mes anciens colocataires les ont imprimées sous forme de livrets sur leur presse au Rincón Cultural [figure 2]. Grandroute ne les a jamais vus, mais je suis sûr qu'il en aurait éprouvé de la fierté. En échange de mon travail de transcription, Grandroute ne m'a pas seulement offert le lit et le couvert, mais aussi une éducation. Il m'a emmené faire des promenades quotidiennes, à pied ou à vélo, dans les rues d'Ecatepec, tant il était convaincu qu'un jour je pourrais devenir le premier guide touristique de ce secteur. Initialement, l'idée paraissait folle. S'il existe une matérialisation physique du néant en ce monde, c'est Ecatepec de Morelos. Mais avec le temps, j'en suis venu à croire qu'à ce sujet, comme pour pratiquement tout le reste, Grandroute avait raison. Par le truchement de ses histoires, Ecatepec est devenu habitable pour moi, alors peut-être qu'un jour, si je raconte ces histoires, Ecatepec deviendra un endroit que l'on vient visiter.

Le jour où on s'est rencontrés, après avoir récupéré mes affaires dans l'appartement que je partageais avec Affection et Compréhension, nous nous sommes rendus chez Grandroute sur Disneylandia [figures 3 et 4]. Le premier endroit où nous sommes allés en arrivant sur place fut son entrepôt. Il m'y a fait entrer comme s'il s'agissait d'une sorte de temple.

Grandroute se déplaçait lentement dans l'espace, en silence, le visage barré par l'ombre d'un sourire édenté. Je le suivais, à quelques pas en retrait. Indiquant les coins vides, il décrivait des objets, sans qu'aucun fût effectivement là : des collections de dents, bien sûr, mais aussi des cartes anciennes, des pièces détachées automobiles, des poupées russes, des journaux dans toutes les langues imaginables, des vieilles pièces de monnaie, des bicyclettes, des cloches, des ceintures, des pull-overs, des pierres, des machines à coudre. Il m'a fébrilement fait faire le tour complet de ce qu'il appelait sa grande collection d'objets de collection. Il est difficile de dire si ce furent des moments tristes ou lumineux.

Grandroute avait jadis possédé une collection incroyablement diverse et foisonnante. C'était un homme qui aimait vraiment les objets matériels. Et son amour pour eux allait au-delà de leur valeur matérielle réelle ; pour lui, leur valeur tenait à ce que, d'une certaine manière, ils contenaient silencieusement. Depuis tout petit, il avait suivi sa propension à méticuleusement collectionner tout ce qu'il considérait comme digne d'être collectionné, des choses trouvées sur le trottoir aux boutons qui tombaient des chemises de ses camarades d'école, en passant par les ongles de son père et les cheveux de sa mère.

Tard, mais pas trop tard, à quarante-deux ans, il découvrit sa véritable vocation : la vente aux enchères. À cette époque, il vivait avec Flaca depuis deux ans et son fils Siddhartha était encore un nourrisson. Il avait toute la vie devant lui. Mais quand Grandroute alla aux États-Unis, grâce à une bourse pour suivre un cours de perfectionnement en vue de devenir commissaire-priseur, Flaca le quitta. Durant son absence, la dame avait rencontré un homme obstinément catholique, originaire du Yucatán, de la même classe sociale qu'elle, et avait emménagé chez lui, emmenant Siddhartha avec elle. Elle mourut quelques années plus tard mais, dans son testament, exigeait que Siddhartha fût élevé par son beau-père. J'imagine que Grandroute n'avait pas les connaissances juridiques suffisantes pour savoir que les dispositions testamentaires de Flaca n'avait strictement aucune valeur légale. J'ai le sentiment que Grandroute ne s'est jamais vraiment remis de tout ça, mais il disposait de ressources affectives suffisantes pour mettre de côté la douleur.

Malgré sa formation poussée et son talent inné pour l'art de la mise aux enchères, quand il est revenu au Mexique, Grandroute a, en fait, eu peu de chances dans la profession. Il a contracté un emprunt pour s'acheter un petit terrain dans le quartier où il était né et a construit une maison haute en couleur mais quasiment inhabitable, Calle Disneylandia. Ce fut là qu'il vécut plus de deux décennies durant. À côté de la maison, Grandroute construisit un entrepôt au-dessus duquel il plaça une affiche qu'il avait fait faire, annonçant : Société de ventes aux enchères Oklahoma-Van Dyke.

Grandroute resta dans cette maison, c'était presque une sorte d'exil qu'il s'imposa, durant les deux années qui suivirent. Il ne sortait que pour acheter des boîtes de conserve au magasin du coin, et une variété d'objets dans la décharge appartenant au célèbre collectionneur d'ordures Jorge Ibargüengoitia [figure 5]. Chaque semaine, Grandroute achetait, échangeait ou récupérait des objets qui attiraient son attention et, certains dimanches, organisait des ventes aux enchères privées dans sa maison. Mais ces incursions n'étaient jamais tout à fait officielles. Ses ventes dominicales étaient fréquentées, lorsqu'il y avait quelqu'un, par des voisins animés d'une curiosité morbide, des vagabonds, des ivrognes. Personne n'achetait rien, si bien que l'entrepôt se remplissait graduellement d'objets inutiles. Cela a dû terriblement déprimer Grandroute.

Le temps a passé et, un beau jour, un voisin bien intentionné de Dysneylandia, Carlos Velázquez, a contacté Siddhartha pour lui annoncer que Grandroute avait « grillé son popcorn ». Cela faisait un certain temps qu'il était au bout du rouleau, pour ainsi dire. Apparemment, il ne quittait plus la maison, ni pour s'acheter à manger ni pour récupérer des objets. Parfois il s'asseyait au soleil, dans un fauteuil Acapulco placé dehors, devant sa porte d'entrée. Il y passait de longues heures, immobile, à regarder dans le vide ou, de temps en temps, à astiquer avec un chiffon un article de sa collection. Selon un autre voisin, Laia Jufresa, Grandroute avait un air moribond, presque cadavérique : « Ses yeux étaient comme une paire d'ampoules dénudées, de type fluorescent. » Ses jours étaient comptés.

Siddhartha, un ambitieux salaud de la pire espèce, y vit l'opportunité de mettre la main sur la collection de son père, pas tant parce qu'il croyait en sa valeur, mais parce qu'il la considérait suffisamment folklorique pour en faire une proposition cohérente. Comme la plupart des curateurs, lui aussi voulait accoucher d'une œuvre – et quel meilleur endroit pour commencer que celui-ci ? Sachant qu'il n'irait nulle part tout seul, il se résolut à parler au prêtre local. Il suggéra une vente aux enchères, dont les recettes reviendraient à l'église, selon un pourcentage raisonnable. Lorsque à son tour il entendit parler de l'état critique de Grandroute, le prêtre Luigi Amara, de l'église Sainte-Apolline, vit là l'opportunité de faire d'une pierre deux coups : lever des fonds et lever des fonds. Il rendit visite à Grandroute un matin et lui proposa d'organiser une « vente aux enchères conjointe ». Ils topèrent là.

Quelques jours plus tôt, Siddhartha remit au père Luigi un testament à faire signer à Grandroute, dans lequel il était stipulé que notre héros léguait la totalité de sa collection d'objets de collection à son fils. Grandroute signa le document sans même le lire, le matin de la vente, en attendant son tour à la sacristie de l'église. Je ne saurai jamais avec certitude s'il se rendait compte qu'avec cette signature, il servait sur un plateau toute sa vie à Siddhartha. Mais après avoir longuement réfléchi à la question, je pense qu'en un sens oui, il s'en rendait compte. Cela expliquerait aussi l'élégante ironie avec laquelle Grandroute, une fois tous les lots vendus, regarda Siddhartha droit dans les yeux et lui demanda : Qui va ouvrir les enchères pour moi et mes dents ?

Effectivement, la veille du matin où nous nous sommes rencontrés pour la première fois, Grandroute et ses dents avaient été achetés aux enchères à un prix avantageux par son fils Siddhartha Sánchez Tostado. Il existe différentes versions de ce qui s'est passé ensuite. Selon l'une d'elles, après la vente, Siddhartha le gava de narcotiques et, une fois le pauvre Grandroute plongé dans un profond sommeil indéfiniment long, il l'emmena dans un dispensaire dentaire, où deux dentistes lui enlevèrent ses précieuses dents. Une autre version affirme que, lorsque la vente aux enchères fut terminée, le père et le fils se rendirent dans une cantina pour régler leurs comptes et, au summum de leur célébration éthylique, alors que Siddhartha tentait de ramener son père à la voiture, Grandroute heurta tant de fois le goudron qu'il en perdit tout simplement ses dents. Cela paraît improbable. Même si Grandroute a toujours refusé de me dire lequel de ces deux récits était véridique, peut-être tout simplement faute d'en avoir un souvenir clair, je pense que la première version est la bonne : ce sont ces sinistres dentistes qui, sur ordre du diabolique Siddhartha, lui avait ôté ses dents.

Ce qui est tout à fait certain, comme les preuves vidéo en attestent, c'est que le soir du jour où eut lieu la vente aux enchères, Siddhartha déposa son père dans un des salons de la galerie d'art Jumex. Pour être exact, Siddhartha lourda Grandroute dans une pièce dont les quatre murs servaient de support à une installation vidéo mettant en scène quatre clowns observant le spectateur avec un manque d'intérêt total, se contentant de cligner périodiquement des yeux ou de soupirer – une œuvre quelque peu effrayante du célèbre artiste Ugo Rondinone [figure 6]. Après avoir abandonné son père devant l'installation des clowns de Rondinone, Siddhartha alla dans le local technique où se trouvait l'équipement audiovisuel des services de sécurité et se lança dans une discussion à distance avec son père via un des systèmes de haut-parleurs. Enfin, conversation… façon de parler : Siddhartha fit de son mieux pour torturer et tourmenter son père, et enregistra le tout, sans doute en vue d'un usage ultérieur. Il lui ordonna une série de courses farfelues, comme par exemple aller lui chercher des monographies sur la révolution russe et une Volkswagen blanche. Mais notre héros local était robuste. Quand l'incassable Grandroute fut finalement capable de rassembler suffisamment d'énergie pour sortir de la « chambre aux fantômes », comme il appelait souvent l'endroit lorsqu'il racontait l'anecdote, il prit une bicyclette et pédala vers le soleil levant en empruntant la légendaire route Sonora Oriente où, par chance, nos chemins se croisèrent.

Les quelques jours suivants, après qu'il eut découvert qu'il avait tout perdu, furent difficiles pour Grandroute. Nous observâmes un silence solennel, qu'il rompit finalement en disant : « Je pense être devenu une personne terrible. En fait, je suis devenu un reptile. Savez-vous que les reptiles sont stupides parce que la quasi-totalité de leur cerveau est utilisée pour éprouver la peur ? » Je l'ai pressé de se faire faire une dentition provisoire, pour qu'il commence à manger correctement, que nous puissions nous mettre à la transcription de son autobiographie dentaire. S'il fut réticent au début, il finit par y consentir et nous nous mîmes à l'ouvrage.

Mais Grandroute n'était pas encore tout à fait remis et il évoluait dans une sorte de brouillard gris. C'est à peu près à cette même période qu'il s'inscrivit de son propre chef au groupe « Sérénité » des Névrosés Anonymes, Calle Pensadores Mexicanos, juste à côté de l'atelier de réparation d'armes à feu El Buho [figure 7]. Ses quatre semaines avec le groupe Sérénité se terminèrent tout d'abord mal, puis bien. Mal, parce qu'en sortant de son premier rendez-vous, Grandroute était convaincu d'être devenu dingue, ce qu'il n'était pas, et il fut à deux doigts d'aller s'enfermer dans un monastère catholique. Mais bon, au cours de la deuxième semaine, il rencontra une responsable syndicale expérimentée, La Elvis, qui, après avoir entendu l'histoire de Grandroute à la troisième séance de groupe, le convainquit qu'il n'était pas le moins du monde névrosé, qu'il était en fait un homme honorable, mentalement et affectivement sain, ayant été dépossédé par son enfoiré de fils de ce qui, légitimement, lui appartenait. Elle lui dit qu'elle avait vu un tas de dents exposé dans une galerie à côté de l'usine de jus de fruits, comme s'il s'agissait d'une œuvre d'art, et le pressa de passer à l'action. Grandroute eut le sentiment d'être innocenté.

Le lendemain, nous nous rendîmes à la galerie de l'usine et récupérâmes ce qui, de droit, lui appartenait, plus quelques objets en sus qui, pensions-nous, pourraient être ultérieurement vendus aux enchères. Nous n'allâmes jamais loin avec cette idée, mais Grandroute retrouva et conserva ses dents, il les fit monter sur un dentier par son vieil ami Luis Felipe Fabre. Une fois suffisamment d'argent amassé, se disait-il, il finirait par se faire faire des implants. Mais pour l'heure, il mettait son dentier lorsqu'il était d'humeur. Autrement dit : parfois, mais pas toujours.

Avec ses nouvelles dents, Grandroute recouvra sa volonté de vivre ses derniers mois en paix. Chaque soir, nous avions des séances « Éducation pour l'artiste Voragine » dans les bars du quartier. Nous aimions tout particulièrement un établissement qui s'appelait Secret of Night [figure 8], où nous retrouvions Juan Cirerol, un jeune chanteur auteur-compositeur avec qui Grandroute se produisit chaque soir pendant quelques semaines. Je les ai vus le soir où ils ont interprété en un duo, et avec panache, « Highwayman », le classique de Johnny Cash, suivi du désormais classique « Metanfeta » de Cirerol. Quand le bar commençait à fermer, le propriétaire laissait Grandroute vendre aux enchères ses histoires. C'est au Secret of Night que Grandroute mit en pratique sa célèbre méthode allégorique, où ce ne sont pas des objets qui sont vendus, mais les histoires qui leur confèrent valeur et signification. Les allégoriques étaient, selon Grandroute, « des ventes aux enchères postcapitalistes, de recyclage radical, qui sauveraient le monde de son état existentiel de poubelle de l'histoire ».

Lors de ses ultimes performances, Grandroute, qui ne manquait nullement d'ingéniosité, apprit à profiter des moments où ses dents échappaient à son contrôle pour les retirer entièrement de sa bouche. Il les tenait entre ses doigts, comme les castagnettes qu'on utilise pour danser le flamenco, et, selon l'occasion, les faisait parler ou psalmodier et raconter les histoires fascinantes des objets perdus qui avaient jadis fait partie de sa collection. Un nombre croissant de gens venaient le voir, captivés par le spectacle du râtelier maintenant-vous-le-voyez-maintenant-vous-ne-le-voyez-plus de Grandroute et par les histoires qu'il racontait et vendait par la même occasion.

Il commençait toujours sensiblement de la même manière : Je m'appelle Grandroute, et je suis le meilleur commissaire-priseur au monde. Après deux rhums, je suis capable d'imiter Janis Joplin. Je peux faire tenir un œuf droit, comme Christophe Colomb dans l'anecdote fameuse. Je sais interpréter les devises des *fortune cookies* chinois. Je sais compter jusqu'à huit en japonais : *ichi*, *ni*, *san*, *shi*, *go*, *roku*, *shichi*, *hachi*. Je sais faire la planche.

Grandroute est mort au motel Buenos Días, à côté du bar, en compagnie de trois dames ravissantes, après avoir dirigé une vente aux enchères allégorique qui s'était terminée, en guise de rappel, par une imitation de Janis Joplin chantant « Mercedes Benz ». J'ai reçu un appel du concierge le matin de sa mort et me suis immédiatement rendu sur place, avec El Perro. Nous avons honoré sa dernière requête et répandu ses cendres au pied des dinosaures en fibre de verre sur le terre-plein central d'une rue à Pachuca, la Belle Venteuse [figure 9]. J'ai tenu parole et, dans les mois qui ont suivi, j'ai constitué son autobiographie dentaire. El Perro s'est assuré que le fils de Grandroute recevrait le message que nous avions trouvé sur la table de nuit à côté de son lit de mort, sous le verre d'eau dans lequel trempait son dentier :

Je suis désolé de t'avoir créé des ennuis,
et que tu sois en prison,
et de ne pas voir été le meilleur des pères.
Et puis aussi, je n'ai pas trouvé
toutes les choses que tu m'avais demandées.
Mais voici mes dents,
et ton verre d'eau.
Tu peux également garder
tous mes objets de collection, et
les dents de Marylin Monroe,
qui de toute façon étaient fausses.

1. LE PAVILLON POUR BICYCLETTES GOWER
© FRANCISCO KOCHEN

Chaque fois que je vois un adulte sur une bicyclette,
je ne désespère plus de l'espèce humaine.

H.G. Wells

2. EL RINCÓN CULTURAL
© JAVIER RIVERO ET EL PERRO

Mes carnets. Si tristement remplis, celui-ci d'impuissance, celui-là d'une attente vide et vaine. La plus difficile des attentes, la plus douloureuse : l'attente de soi. Si je devais y écrire quelque chose, ce serait cette confession : moi aussi je m'attends depuis longtemps, et je ne suis pas venue.

Josefina Vicens

3. DISNEYLANDIA
© GUÍA ROJI

Les objets en eux-mêmes désagréables
ou indifférents souvent plaisent dans l'imitation…

William Hazlitt

4. MAISON DE GRANDROUTE
© VALERIA LUISELLI

Disneyland est posé comme imaginaire
afin de faire croire que le reste est réel.

Jean Baudrillard

5. DÉCHARGE D'ECATEPEC
© JAVIER RIVERO ET EL PERRO

La langue espagnole est une vieille robe de mariage qui nous est transmise par nos ancêtres et que nous sommes obligés de conserver intacte… mais les très anciennes robes de mariage ne sont bonnes qu'à être enfilées pour qu'on se voie comme des squelettes. Il vaut bien mieux les découper en chemises plutôt que de les garder dans la naphtaline.

Jorge Ibargüengoitia

6. UGO RONDINONE,
WHERE DO WE GO FROM HERE
© LA COLECCIÓN JUMEX, MEXICO

Fancioulle me prouvait, d'une manière péremptoire, irréfutable, que l'ivresse de l'Art est plus apte que toute autre à voiler les terreurs du gouffre ; que le génie peut jouer la comédie au bord de la tombe avec une joie qui l'empêche de voir la tombe, perdu, comme il est, dans un paradis excluant toute idée de tombe et de destruction.

Charles Baudelaire

7. NÉVROSÉS ANONYMES & RÉPARATION
D'ARMES À FEU
© JAVIER RIVERO ET EL PERRO

La neurasthénie / est un don qui m'est venu
avec mes premières œuvres.

Rubén Darío

8. SECRET OF NIGHT
© JAVIER RIVERO ET EL PERRO

L'originalité n'est rien de plus que l'imitation judicieuse ;
les auteurs les plus originaux se sont empruntés
les uns aux autres.

Voltaire

9. TERRE-PLEIN CENTRAL
À PACHUCA & DINOSAURES EN FIBRE DE VERRE
© EL PULQUE

Tu n'emportes rien quand tu t'en vas.

José María Napoleón

LIVRE VII

La Chronologique

par Christina MacSweeney

traductrice du roman mexicain en anglais

Le 7 mai 1945 :
Fin de la guerre en Europe.

1938 Le président Lázaro Cárdenas annonce la nationalisation des réserves de pétrole mexicaines.

1945 Publication de *Histoire de la philosophie occidentale* de Bertrand Russell.

1945

Naissance de Gustavo Sánchez Sánchez, mieux connu sous le sobriquet de « Grandroute », à Pachuca, dite la Belle Venteuse.
Sa famille déménage à Ecatepec de Morelos.

1940 La production de la United States Smelting, Refining & Mining Company à Pachuca décline, obligeant de nombreux résidents à s'en aller chercher un emploi ailleurs.

1945 Le tableau *Angelus Novus* de Paul Klee est confié à Theodor Adorno après le suicide de son propriétaire, Walter Benjamin, à Portbou.

1945 Cinquante ans se sont écoulés depuis le voyage cycliste de M. Hoopdriver dans *La Burlesque Équipée du cycliste* de H. G. Wells.

1950 Publication de l'essai intitulé « Gas » de Virginia Woolf, qui raconte ses deux extractions de dents en 1922 et 1923, dans *The Captain's Death Bed and Other Essays.*

1948 Centenaire de la naissance du logicien et philosophe allemand Gottlob Frege.

1956 Julio Cortázar médite sur la métamorphose de l'axolotl au Jardin des Plantes, dans sa nouvelle « Axolotl ».

1954 Naissance de l'auteur Francisco Goldman à Boston, Massachusetts.

1953

Grandroute décroche son premier boulot au kiosque à journaux de Rubén Darío et commence à collectionner les pailles.

1951 Première publication aux États-Unis de *Siddhartha*, de Hermann Hesse, qui ultérieurement inspirera la génération hippie.

1955 Cinquante ans plus tôt, Miguel de Unamuno, en recevant la Gran Cruz de Alfonso X, déclarait à Alfonso XIII : « Je suis honoré, Votre Majesté, de recevoir cette croix que je mérite tant. »

1957 Penguin publie la traduction en anglais, signée Robert Grave, de *La Vie des douze Césars* de Suétone.

1962 Centenaire de la publication des premiers poèmes du *Spleen de Paris*, recueil posthume de cinquante poèmes en prose de Charles Baudelaire, parmi lesquels celui qui retrace la mort héroïque de Fancioulle, bouffon de la Cour.

1962 Dans sa biographie de Robert de Montesquiou, Cornelia Otis Skinner rapporte que Marcel Proust copia souvent la façon qu'avait Moutesquiou de rire sans montrer ses dents.

1965 Début de la construction de la première usine Volkswagen au Mexique.

1965 Fabrication au Mexique des premiers carnets Scribe.

1966 Cinq cent cinquante ans auparavant, Poggio Bracciolini découvre une édition d'*Institutio Oratoria* de Quintilien dans une ancienne tour de l'abbaye de Saint-Gall en Suisse.

1967 Le chanteur country Leroy Van Dyke est la vedette du film *What Am I Bid ?*

1968 Peut-être le cinquantième anniversaire de l'invention du *fortune cookie* chinois par Donald Lau à Los Angeles.

Le 12 octobre 1968 Ouverture des Jeux olympiques de Mexico.

1968 Naissance de l'artiste multimédia Doug Aitken à Redondo Beach, en Californie.

1966

Grandroute est embauché comme gardien de sécurité à l'usine Jumex d'Ecatepec de Morelos. Il continue à collectionner des objets.

1967 Sortie de *Sgt Pepper's Lonely Hearts Club Band* des Beatles. Conception de la pochette de l'album : Peter Blake et Jann Haworth.

1967 Publication dans *Artforum* de « Paragraphs on Conceptual Art » de Sol LeWitt.

1967 Cent cinquantième anniversaire de la publication de *The Round Table*, recueil d'essais de William Hazlitt.

Le 2 octobre 1968 Des étudiants qui manifestent sont massacrés sur la place des Trois-Cultures-de-Tlatelolco à Mexico.

1970 Naissance de l'auteur et éditeur américano-mexicain David Miklos à San Antonio, Texas.

1971 Quatre cents ans plus tôt, Michel de Montaigne se retire dans le château de son père à l'âge de trente-sept ans.

1971 Naissance à Mexico de l'essayiste, poète et éditeur Luigi Amara.

1971 Naissance à Mexico de Miguel Calderón, l'enfant terrible des arts mexicains.

1973 Jorge Luis Borges renonce à son poste de directeur de la Bibliothèque nationale de Buenos Aires après avoir reçu le premier Premio Internacional Alfonso Reyes.

1973 Centenaire de la publication de l'autobiographie de John Stuart Mill, où figurent des commentaires sur l'influence de Quintilien sur sa pensée.

Le 2 juillet 1976 Saigon est rebaptisé Hô Chi Minh-Ville.

1976 Inauguration de la Fondation Voltaire à l'université d'Oxford.

1978 Naissance dans le Coahuila, au Mexique, de Carlos Velázquez, auteur de la littérature norteña.

Début des années 1970 L'auteur espagnol Enrique Vila-Matas entend pour la première fois parler de Raymond Roussel dans les travaux de Marcel Duchamp.

1970 Bicentenaire de la première traduction savante en anglais, à partir de la version originale en grec, des *Vies parallèles* de Plutarque.

Le 1er octobre 1970 Janis Joplin enregistre « Mercedes Benz » au studio Sunset Sound de Los Angeles.

1971 Environ mille six cents ans plus tôt, Augustin d'Hippone fait cette prière : « Accordez-moi la chasteté et la continence, mais pas tout de suite. »

1971 Publication dans *Art News 69* de la première partie de *L'Éducation du non-artiste* d'Allan Kaprow.

En 2011 l'auteur et poète Daniel Saldaña partage l'essai de Kaprow sur Scribd.

1971 Naissance à Mexico de l'artiste tridimensionnel Fernando Ortega.

1974 Naissance à Mexico du poète, essayiste et éditeur Luis Felipe Fabre à Mexico : Poissons, ascendant Balance, Lune en Bélier.

1975-1982 Cent cinquantième anniversaire de la publication en format feuilleton d'*Eugène Onéguine*, le roman en vers d'Alexandre Pouchkine.

1976 Trois cent cinquantième anniversaire de la mort de Francis Bacon, père de l'empirisme, qui contracta une pneumonie après avoir réalisé une expérience sur la congélation de la viande en fourrant de neige une volaille.

1982 Bicentenaire de la publication des *Rêveries du promeneur solitaire* de Jean-Jacques Rousseau.

Le 15 avril 1980 Des dizaines de milliers de personnes accompagnent en silence le cercueil de Jean-Paul Sartre jusqu'à sa tombe au cimetière du Montparnasse.

1982 Dans sa préface à un recueil de nouvelles de Robert Walser, Susan Sontag compare la prose de Walser à l'art de Paul Klee.

Vers **1980**

Grandroute est promu Manager Extraordinaire en Cas de Crise auprès du Personnel.

Il commence à collectionner les cours.

1980 Naissance à Mexico de Pablo Duarte, éditeur du site web Letras Libres.

1981 Découverte d'un astéroïde baptisé Dostoevsky 3453.

1982 Dans *Règles et langage privé,* Saul Kripke crée Kripkenstein, un personnage fictionnel qui développe des arguments à partir des écrits de Wittgenstein.

1983 Enterrement du nouvelliste, romancier et dramaturge Jorge Ibargüengoitia au parc Antillón sous une plaque sur laquelle on peut lire : « Ci-gît Jorge Ibargüengoitia dans le parc de son arrière-grand-père qui combattit contre les Français. »

Le 25 juin 1984 Mort de Michel Foucault à l'âge de cinquante-sept ans à l'hôpital parisien de la Pitié-Salpêtrière.

1984

Grandroute épouse Flaca.

1983 Cinq centième anniversaire de la publication dans l'édition de Caxton de *La Légende dorée* de Jacques de Voragine, qui raconte la vie des saints.

1984 Le chanteur mexicain José María Napoleón, baptisé le poète de la mélodie, sort le single « Nunca cambies ».

Le 19 septembre 1985 Très grave séisme à Mexico, au moins dix mille morts.

1986 Jean Baudrillard écrit *Amérique*, récit de ses voyages aux États-Unis.

Le 19 septembre 1985

Naissance de Siddhartha Sánchez Tostado.

Septembre 1985 « Highwayman » est numéro un dans les charts country américains.

1985 Carlos Fuentes publie *Le Vieux Gringo*.

Le 8 juin 1987 Naissance à Mexicali du chanteur auteur-compositeur Juan Cirerol – le Johnny Cash du Mexique. Sur son deuxième album figure la chanson « Clonazepam Blues ».

1987 L'auteur mexicain Mario Bellatín part à Cuba pour étudier l'écriture de scénarios.

1986-1987

Grandroute suit un cours de vente aux enchères donné par Maître Oklahoma. Il rencontre Leroy Van Dyke à l'École de vente aux enchères du Missouri. Flaca quitte Grandroute, emmenant Siddhartha avec elle.

1987 L'auteur mexicain Guillermo Fadanelli vit à Berlin pendant un an et s'étonne de constater que la bière n'y est pas servie fraîche.

1989 Publication à titre posthume de la nouvelle « Petrita » de Josefina Vicens. L'histoire s'inspire d'un tableau intitulé *La niña muerta*, qui fut offert à Vicens par l'artiste Juan Soriano.

Juillet 1988 Centenaire de la première publication d'*Azul* de Rubén Darío.

1988-2000

Grandroute connaît le succès en tant que commissaire-priseur et voyage beaucoup. Il commence à développer sa méthode de vente aux enchères dite allégorique.

1989 Rétrospective Yoko Ono au Whitney Museum.

1991 Six cent cinquantième anniversaire de la nomination de Pétrarque en tant que premier poète lauréat depuis l'ère classique.

1992 Première exposition solo de Sam Durant à la Bliss Gallery de Pasadena.

1995 Trois centième anniversaire de la mort de Sor Juana Inés de la Cruz dont les écrits, dit-on, trahissent l'influence de la rhétorique classique d'Aristote, de Quintilien et de Platon.

1991 Publication au Royaume-Uni chez Serpent's Tail de *The Family Tree : an Illustrated Novel*, de Margo Glantz, dans la traduction de Susan Bassnett.

Le 3 août 1992 Cinq cents ans plus tôt, Christophe Colomb s'embarquait à l'ouest pour trouver un passage maritime vers l'Orient et découvrait accidentellement les îles Caraïbes.

1998 Bicentenaire de la publication du poème de Charles Lamb intitulé « The Old Familiar Faces » dans lequel il décrit son « jour des horreurs ».

Vers 1998 Valeria Luiselli, alors âgée de quinze ans, achète *Vals de Mefisto* de Sergio Pitol dans une librairie de San Cristóbal et imagine que c'est un auteur mort d'Europe de l'Est ou de Russie.

27 et 28 octobre 1999 Vente aux enchères chez Christie's de biens ayant appartenu à Marilyn Monroe, dont un assortiment de onze timbales mexicaines en verre assorties.

2000 2 400 ans plus tôt environ, l'auteur dramatique Euripide, qui décrit des personnages mythiques comme des gens ordinaires, se retire dans une grotte sur l'île de Salamis pour écrire ses tragédies.

Le 3 décembre 2001 Mort du nouvelliste mexicain expérimental Juan José Arreola.

2002 Le nombre de Mexicains sans-papiers vivant aux États-Unis est estimé à 5,3 millions.

2002 L'artiste visuel Terence Gower installe son Pavillon pour Bicyclettes sur le terrain de la Fundación / Colección Jumex à Ecatepec, en banlieue de Mexico.

2003 Olafur Eliasson représente le Danemark à la Biennale de Venise.

2004 La nouvelliste et essayiste Vivian Abenshushan est inspirée par une œuvre d'art au crayon de papier qui proclame : « Tuez votre patron : démissionnez. »

Vers 2000

Grandroute achète les dents de Marilyn Monroe lors d'une vente aux enchères à Miami.

2000 Environ trois mille ans plus tôt Cadmos, fils de Téléphassa, plante une dent de dragon et s'étonne de voir des guerriers armés jaillir de la terre.

2000 Les Nations unies lancent les Objectifs du Millénaire pour le Développement, censés être atteints à l'horizon 2015.

2002 Cent cinquantième anniversaire de la mort de Nicolas Vassiliévitch Gogol.

2002 Environ 1 900 ans plus tôt, Tacite écrit le *Dialogue des orateurs.*

2004 Publication posthume de *La novela luminosa* de l'auteur uruguayen Mario Levrero, où figure un prologue de 450 pages racontant comment l'écrivain a dépensé la bourse qui lui a été allouée par la Fondation Guggenheim.

2005 Cent cinquante ans auparavant l'auteur de l'absurde Daniil Kharms naît deux fois ; l'auteur prétend que son père et la sage-femme essayèrent de le repousser dans la matrice maternelle quand il avait voulu sortir quatre mois avant le terme.

2006 Publication en Espagne chez Anagrama de *Bonsái*, le roman de l'auteur chilien Alejandro Zambra.

2007 Le critique mexicain Guillermo Sheridan commence à écrire son blog *El minutario*, hébergé par Letras Libres.

2007 Yuri Herrera-Gutiérrez devient l'éditeur du magazine littéraire *El perro*.

2009 Ouverture d'El Dinoparque au Museo El Rehilete de Pachuca.

2009 Publication par Sexto Piso du roman *Morirse de memoria*, d'Emiliano Monge.

2010 Carlos Yushimito est décrit par Granta comme « un Péruvien ayant des ancêtres japonais, qui vit à Providence, Rhode Island et écrit sur le Brésil ».

2010 À vingt-sept ans, dans le Wisconsin, l'auteure mexicaine Laia Jufresa apprend à faire du vélo.

2001- 2010

Grandroute achète un terrain Calle Disneylandia
et vit retiré du monde.
Il continue de collectionner des souvenirs locaux.

2005 Centième anniversaire de la publication de l'essai de G.K. Chesterton intitulé *A Piece of Chalk*.

Le 13 octobre 2006 Deux cents ans auparavant le philosophe allemand Georg Wilhelm Hegel voit Napoléon à cheval dans les rues de Iéna.

2006 *El buscador de cabezas* d'Antonio Ortuño est sélectionné comme meilleur premier roman de l'année par le journal *Reforma*.

2007 Carlos Slim, magnat des télécoms mexicains, est déclaré homme le plus riche au monde.

2008 Dans son essai *El arte de vivir en arte*, l'auteur et critique argentin Alan Pauls note que la fiction peut être comprise comme une « carte fondée sur des coïncidences et des divergences ».

Le 29 juillet 2010 Les « dents qui ont sauvé le monde » de Winston Churchill sont adjugées pour 15 200 livres lors d'une vente aux enchères à Norfolk, en Angleterre.

2010 Rubén Gallo publie *Into the Wilds of Psychoanalysis* (*Freud au Mexique*).

2010 L'artiste mexicain Damián Ortega crée une nouvelle œuvre d'art chaque jour pendant un mois pour son exposition à la Barbican Art Gallery.

2011 L'artiste conceptuel Abraham Cruzvillegas installe au Tate Modern *Autoconstrucción* qui se compose de moutons, de merde et de touffes de poils.

2012 Christie's vend *Saint Apollonia : one Plate*, une sérigraphie de 1984 d'Andy Warhol.

Le 27 avril 2012 Mort de David Weiss, la moitié du duo artistique Fischli/Weiss, à l'âge de soixante-six ans.

Juin 2012 Javier Rivero poste sur son blog *Writers and Kitties* une photographie avec la légende « Chaton corrigeant les épreuves de Jean-Paul Sartre ».

2011-2013

Une vente aux enchères parabolique a lieu à l'église Sainte-Apolline.
Grandroute passe la nuit dans la « pièce aux fantômes ».
Il rencontre l'apprenti écrivain Jacques de Voragine et lui propose d'écrire son autobiographie dentaire.
Grandroute récupère ses dents.

Novembre 2011 Le musée Guggenheim de Manhattan qualifie l'artiste hyperréaliste Maurizio Cattelan de provocateur et de plaisantin.

Mars 2011 Le meurtre du fils du poète Javier Sicilia provoque dans tout le Mexique des manifestations massives contre les violences liées à la drogue.

2011 Publication dans *The New Yorker* de l'article intitulé « The Musical Brain » signé du prolifique auteur argentin César Aira.

2012 Julián Herbert remporte le Premio Jaén de Novela Inédita pour son roman autobiographique *Canción de tumba* qui raconte la mort de sa mère – une ancienne prostituée – d'une leucémie.

2013 *Muerte súbita* d'Álvaro Enrigue remporte le Premio Herralde de Novela.

2012 Publication d'*El libro de las explicaciones* de la poétesse, essayiste et traductrice mexicaine Tedi López Mill.

2013 Un poisson rouge nommé Oblomov meurt d'une sorte de dépression dans le recueil de nouvelles de Guadalupe Nettel *El matrimonio de los peces rojos*.

2013

Grandroute meurt au motel Buenos Días après avoir dirigé une vente aux enchères au Secret of Night.

2012 Paul Abramo publie son recueil de poèmes *Fiat Lux*.

Mars 2012 L'artiste Ugo Rondinone, basé à New York, organise une exposition où figure la *Madonna* de Hans Schärer, dont les dents sont remplacées par des cailloux jaunissants

Le 8 avril 2013 Inauguration de l'exposition *El cazador y la fábrica* à la Fundación / Colección Jumex

2013 Création d'une pièce de deux euros pour les 2 400 ans de l'Académie de Platon.

Postface

Ce livre est le résultat de plusieurs collaborations. En janvier 2013, on m'a commandé la rédaction d'une œuvre de fiction pour le catalogue de l'exposition *The Hunter and the Factory*, organisée par Magalí Arriola et Juan Gaitán à la Galería Jumex, une galerie située à Ecatepec, dans un quartier en déshérence parsemé de terrains vagues, en périphérie de Mexico. L'idée derrière l'exposition, la mission qui m'était confiée, était de réfléchir aux passerelles – ou à l'absence de passerelles – entre l'œuvre d'art mise en évidence, la galerie et le contexte plus large dont fait partie la galerie.

Le Collection Jumex, une des plus importantes collections d'art contemporain au monde, est financée par Grupo Jumex – une usine de jus de fruits. Il y a, naturellement, un fossé entre les deux univers : galerie et usine, artistes et ouvriers, œuvres d'art et jus de fruits. Comment relier ces deux univers éloignés mais qui néanmoins se côtoient ? La littérature pouvait-elle jouer un rôle de médiateur ? J'ai décidé d'écrire tangentiellement – voire allégoriquement – sur le monde de l'art et de me concentrer sur la vie de l'usine. J'ai aussi décidé d'écrire pas tant *sur* les ouvriers de l'usine que *pour* les ouvriers de l'usine, proposant une procédure qui semblait correspondre à cet objectif.

À Cuba, au milieu du dix-neuvième siècle, fut inventé l'étrange métier de « lecteur dans les manufactures de tabac ». L'idée est attribuée à Nicolás Azcárate, un journaliste abolitionniste militant qui mit ses idées en pratique dans une manufacture de cigares. Afin d'atténuer l'ennui du labeur répétitif, quelqu'un faisait la lecture à voix haute pour les autres travailleurs pendant qu'ils confectionnaient les cigares. Émile Zola et Victor Hugo faisaient partie des auteurs préférés, cependant qu'étaient également lus de nobles volumes de l'histoire espagnole. La pratique se répandit dans d'autres pays d'Amérique latine mais disparut au vingtième siècle. À Cuba, de nos jours, on trouve encore un certain nombre de ces lecteurs dans les manufactures de tabac. C'est à peu près à l'époque où émergeait cette pratique que s'inventait également le roman-feuilleton. *La Vieille Fille* de Balzac et *Les Papiers posthumes du Pickwick Club* de Dickens étaient publiés en 1836. Distribués sous forme de livrets à épisodes vendus à prix abordables, ils s'adressaient à un public qui n'était pas traditionnellement habitué à lire de la fiction. Je me suis rendu compte que je pouvais combiner ces deux dispositifs littéraires qui s'étaient naguère révélés pertinents dans des contextes finalement pas si différents de celui face auquel je me trouvais. Afin de rendre hommage à – et d'apprendre de – ces pratiques de lecture et d'édition, j'ai décidé d'écrire pour les ouvriers un roman à épisodes, qui pourrait être lu au fur et à mesure à haute voix dans l'usine.

L'équipe Jumex a été enthousiaste et d'un grand soutien, mettant à disposition l'espace et les conditions nécessaires pour que les lectures aient lieu. Le premier épisode que j'ai écrit a été imprimé sous forme de simples livrets à tout petit budget, distribués aux ouvriers. Quelques-uns s'y sont intéressés et Lorena Moreno, l'assistante du projet, a aidé à monter un petit club de lecture qui se retrouvait chaque semaine pour lire le nouveau chapitre et en discuter. Je me suis mise à envoyer un nouvel épisode à un rythme hebdomadaire ; l'équipe de la Fondation Jumex imprimait les livrets et les distribuait. Avec l'accord de tous, les séances de lecture étaient enregistrées puis m'étaient envoyées à New York. Je les écoutais, notais les commentaires des ouvriers, leurs critiques et tout particulièrement leurs bavardages informels après la lecture et la discussion. J'écrivais ensuite l'épisode suivant, le leur envoyais et ainsi de suite. Ils ne me voyaient jamais ; je ne les voyais jamais. Je les entendais et ils me lisaient. Deux membres de l'équipe Jumex, Javier Rivero et El Perro, m'ont aussi aidée en photographiant les œuvres d'art, la galerie et le quartier, ce qui m'a permis, du moins virtuellement, de me déplacer et d'explorer les espaces sur lesquels j'écrivais. La formule, s'il y en eut une, serait quelque chose du genre : Dickens + MP3 / Balzac + JPEG. En même temps que le dernier épisode, j'ai aussi envoyé aux ouvriers un enregistrement MP3 de ma voix, les remerciant pour leur temps et leur implication. J'avais écrit sous le pseudonyme Gustavo Sánchez Sánchez, et j'estimais qu'il était important de boucler la boucle de l'intimité que nous avions créée en leur faisant entendre ma véritable voix. Leur réaction à ma voix parlée a probablement été similaire à ma réaction quand, des mois plus tard, deux des ouvriers se sont présentés au lancement du livre à Mexico, au Museo de Arte Carrillo Gil. C'est à ce moment-là que la boucle a véritablement été bouclée.

Nombre des histoires racontées dans ce livre proviennent de récits personnels des ouvriers – même si les noms, les lieux et les détails ont été modifiés. Les discussions entre les ouvriers ont aussi conditionné le cours du récit, me poussant à réfléchir à des questions anciennes dans une perspective nouvelle : comment les objets d'art acquièrent de la valeur non seulement sur le marché spécialisé de la consommation d'art mais aussi en dehors de ses limites (plus ou moins) bien définies ? Comment le fait de mettre un objet ou un nom à distance de son contexte dans une galerie, un musée, ou un panthéon littéraire – une procédure duchampienne *inversée* – affecte sa signification et son interprétation ? Comment le discours, le récit et les signatures ou les noms d'auteurs modifient la façon dont nous percevons l'œuvre d'art et le texte littéraire ? Le résultat de ces préoccupations partagées est cet « essai-roman » collectif sur la production de valeur et de sens dans l'art contemporain et la littérature.

Pour leur participation et leur implication, je souhaiterais remercier beaucoup de gens, mais plus que quiconque, je veux remercier les ouvriers de l'usine qui ont lu et d'une certaine manière écrit cette histoire avec moi : Evelyn Ángeles Quintana, Abril Velázquez Romero, Tania García Montalva, Marco Antonio Bello, Eduardo González, Ernestina Martínez, Patricia Méndez Cortés, Julio Cesar Velarde Mejía et David León Alcalá.

Enfin, je me dois de signaler qu'entre les épisodes initiaux lus par les ouvrières et les ouvriers de l'usine et cette version finale du livre, de nombreuses choses ont changé. En fait, le livre en espagnol est fort différent de l'anglais – comme cela a été le cas avec mes livres précédents, que je révise et réécris tellement en anglais que je préfère les concevoir comme des versions différentes plutôt que de simples traductions. L'édition anglaise, en outre, comprend un « livret » supplémentaire, entièrement écrit par Christina MacSweeney, la traductrice de l'espagnol en anglais. Sa « Chronologique » est une carte, un index et un glossaire pour le livre, qui à la fois déstabilise l'affirmation obsolète de l'invisibilité du traducteur et invite à une nouvelle approche de la traduction ; une approche qui ne vise ni à rapprocher l'auteur du lecteur – en simplifiant et lustrant le texte traduit –, ni à rapprocher le lecteur de l'auteur – en rédigeant le texte dans une sorte d'« anglais étranger ». Ce livre a débuté sous forme collaborative et j'aime à penser qu'il continue sur cette lancée, chaque nouvelle couche en modifiant complètement le contenu, *y compris cette présente version française*[1].

1. Ajout du traducteur de la présente version (*N.d.T.*).

Citations, références

Pages 26 et 172 : *La Vie des douze Césars*, Suétone, trad. M. de la Harpe, 1805, refondue avec le plus grand soin par M. Cabaret-Dupaty, Paris 1893, avec quelques adaptations de J. Poucet, Louvain, 2001.

Page 47-48 : Quintilien, Livre VIII, chapitre 6, trad. M. de Nisard, 1865.

Page 13 : *Système de logique déductive et inductive*, John Stuart Mill, Félix Alcan éditeur, Paris, 1896, trad. Louis Peisse (quatrième édition, traduite de la sixième édition anglaise).

Page 43 : *Écrits logiques et philosophiques,* « Sens et référence », Gottlob Frege, Seuil, Paris 1971, trad. Claude Imbert.

Page 77 : *La Logique des noms propres*, Saul Kripke, Paris, Éditions de Minuit, 1980, trad. Pierre Jacob et François Recanati.

Pages 95 : Daniil Kharms, trad. André Marcowicz.

Page 103 : *De la pluralité des mondes,* David Lewis, Paris, Éditions de l'Éclat, trad. Marjorie Caveribère et Jean-Pierre Caneti.

Page 123 : David Kaplan, extrait de « Words » (*The Aristotelian Society*).

Page 138 : « Sur le concept d'histoire », Walter Benjamin, Paris, Petite Bibliothèque Payot, trad. Olivier Mannoni.

Page 147 : *Écrits de logique philosophique*, « De la dénotation », Bertrand Russell, d'après la traduction de Jean-Michel Roy.

RÉALISATION : NORD COMPO À VILLENEUVE-D'ASCQ
IMPRESSION : NORMANDIE ROTO S.A.S À LONRAI
DÉPÔT LÉGAL : AOÛT 2017. N° 756 (1701573)
— *Imprimé en France* —